Gitta Edelmann

MacTavish & Scott – Ein Cupcake für den Mörder

AF185678

Über die Serie

Finola MacTavish und Anne Scott sind die Lady Detectives von Edinburgh! Gemeinsam mit dem Computergenie Lachie lösen sie die erstaunlichsten Kriminalfälle – und machen mit Herz, Mut und ungewöhnlichen Methoden den Verbrechern der Stadt das Leben schwer. Doch auch in ihrem eigenen Leben geht es mitunter turbulent zu: Finola hat eigentlich die Nase voll von der Liebe, läuft dann aber doch dem einen oder anderen attraktiven Mann über den Weg. Und Anne trägt ein dunkles Geheimnis mit sich herum ... Wie gut, dass Finola immer die passende Kräutermedizin ihrer Granny zur Hand hat. Und wenn die nicht hilft, dann ein frisch gebackener Cupcake!

Über die Autorin

Gitta Edelmann hat als Übersetzerin in Bonn, Rio de Janeiro, Freiburg und Edinburgh gearbeitet, bevor es sie wieder ins Rheinland gezogen hat. Neben Kindergeschichten und historischen Romanen hat sie bereits eine fünfbändige Cosy-Crime-Reihe veröffentlicht. Die Autorin darf sich außerdem Lady of Glencoe and Lochaber nennen, da sie dort ein paar Quadratfuß Land besitzt.

Gitta Edelmann

MacTavish & Scott

Die Lady Detectives von Edinburgh

Ein Cupcake für den Mörder

beTHRILLED

Vollständige ePub-to-Print-Ausgabe des in der Bastei Lübbe AG
erschienenen eBooks »Ein Cupcake für den Mörder« von Gitta
Edelmann

beTHRILLED in der Bastei Lübbe AG

Copyright © 2021 by Bastei Lübbe AG, Köln
Textredaktion: Anne Pias
Lektorat/Projektmanagement: Rebecca Schaarschmidt
Covergestaltung: © Guter Punkt, Stephanie Gauger, München unter
Verwendung von Motiven von © GettyImages: e55evu | WangAnQi |
Saddako | encrier
Satz: 3w+p GmbH, Rimpar (www.3wplusp.de)
Druck: Books on Demand GmbH, Norderstedt

ISBN 978-3-7413-0260-2

www.be-ebooks.de
www.lesejury.de

Kapitel 1

In *Laurie's Café* waren alle Tische besetzt. Schade. Aber nicht sehr verwunderlich, denn es gab nur drei davon.

Finola MacTavish zögerte. Sollte sie trotzdem kurz hineingehen und Laurie Hallo sagen? Sie hatte sie schon seit einer guten Woche nicht mehr gesehen. Und zumindest könnte sie ein paar Cupcakes für die Nachmittagsbesprechung mit Anne und Lachie kaufen.

Die Entscheidung wurde ihr abgenommen, denn Laurie hatte sie durch das Fenster entdeckt und winkte ihr zu.

»Hiya!«, begrüßte sie Finola, sobald diese durch die Tür trat. »Ich hab schon befürchtet, du irrst mal wieder durch Morningside und findest mich nicht!«

Sie griff nach einem der Klappstühle, die hinter der Verkaufstheke bereitstanden, und sah sich suchend um.

»Lass nur, ich brauch keinen Platz, ich nehm bloß ein paar Cupcakes mit. Und nein, meine Ortskenntnisse von Edinburgh haben sich inzwischen deutlich verbessert.« Finola beäugte die bunten Gebäcke und zeigte dann auf die Zitronen-Blaubeer-Cupcakes, die nicht ganz so farbenfroh waren wie einige der anderen. »Drei davon und drei von denen mit der Karamellcreme«, bestellte sie.

»Hast du eine Fressorgie geplant?«, erkundigte sich

Laurie grinsend, während sie die gewünschten Cupcakes in einer weißen Schachtel verpackte.

»Nein, wir haben heute Nachmittag noch ein Strategie-Gespräch in der Detektei, da können wir was Süßes gebrauchen!«

»Erzähl!«

Das junge Paar, das bei einer lesenden Frau am hintersten Tisch gesessen hatte, stand auf.

»Schau, da wird was frei, setz dich zu Helen, ich muss nur schnell kassieren! Dann komm ich zu dir.«

Finola schüttelte den Kopf. »Ich will dich keinesfalls vom Geldverdienen abhalten.«

»Quatsch.« Laurie sah auf ihre Armbanduhr. »Spätestens in fünf bis zehn Minuten wird's hier ohnehin leer. Dann gehen meine Lunchtime-Gäste wieder zurück an ihre Arbeit.«

Finola zögerte.

»Na los, setz dich. Ich komme gleich mit deinem Latte macchiato.«

Finola gehorchte und steuerte das Tischchen in der hinteren Ecke an. Sie grüßte die Frau, die dort in ihr Buch vertieft war, und schmunzelte, als sie keine Antwort bekam. Leider konnte sie den Titel ihrer Lektüre nicht erkennen, doch das schwarz-rote Cover deutete auf einen Thriller hin.

Kaum hatte Finola sich gesetzt, blinkte und piepste das Handy, das neben dem Teekännchen auf dem Tisch lag. Die Frau seufzte, schaltete den Wecker aus und schlug ihr Buch zu.

»Hello«, grüßte sie kurz und lächelte, dann raffte sie ihre Sachen zusammen und stand auf.

Finola musste eine ganze Weile warten, bis Laurie alle aufbrechenden Gäste abkassiert hatte und mit ihrem Latte macchiato kam.

»Siehst du?« Mit einer großen Geste wies Laurie auf ihr nun leeres Café, stellte das Latte-Glas vor Finola und setzte sich. »Um diese Zeit ist es meistens ruhiger.«

»Scheint ja jetzt richtig gut zu laufen hier.«

Laurie strich sich eine rote Locke aus dem Gesicht und nickte zufrieden. »Ich bin voll beschäftigt. Vor allem, seitdem ich mittags auch Salate anbiete. Und wenn das so weitergeht mit der Nachfrage nach meinen Cupcakes, muss ich mir demnächst eine Hilfe suchen.«

»Schau mich nicht so an!« Finola grinste. »Ich bin zum Backen völlig unbegabt, und außerdem hast du vielleicht mitgekriegt, dass ich eine Detektei hab.«

»Gerüchteweise, nur gerüchteweise. Du hast mich ja tagelang gemieden!« Laurie zog kurz eine traurige Grimasse, dann lächelte sie wieder. »Erzähl!«

»Viel gibt's nicht zu erzählen – ich bin jetzt auch offiziell und mit allen bürokratischen Schritten Teilhaberin von Anne Scott, und die Detektei hat einen neuen Namen.«

»*MacTavish & Scott* – ich hab davon gehört. Klingt gut.«

»Jetzt müssen wir sehen, wie wir an mehr Klienten kommen und finanziell erfolgreich werden. Laufkundschaft gibt es ja eher nicht, weil Albert Terrace nun mal nicht gerade im Edinburgher Zentrum liegt. Aber dafür bieten wir in Morningside durchaus mehr Diskretion. Lachie bastelt uns derzeit eine neue Webseite und …«

Finolas Blick war auf die Eingangstür des Cafés gefallen, die sich gerade öffnete.

»Kundschaft?«, fragte Laurie und sah sich um.

Doch statt zu antworten, stand Finola auf und eilte dem Neuankömmling entgegen. »Antônio! Was machst du denn hier?«

Sie umarmte ihn und küsste ihn auf beide Wangen.

»Ich suche dich«, antwortete er und drückte sie an sich. »Deine Chefin hat gesagt, dass du hier sein könntest.«

Finola verzichtete darauf, Antônio zu erklären, dass Anne nicht mehr ihre Chefin, sondern ihre Geschäftspartnerin war. Sie löste sich aus seiner Umarmung und drehte sich zu Laurie um.

»Das ist Antônio, ein Freund aus Brasilien, der nach Schottland gekommen ist, um uns ein paar Tourismus-Tricks abzugucken. Wir kennen uns aus Portree. Und das ist Laurie, ihr gehört dieses Café.«

»Und so was wie 'ne Freundin bin ich auch.« Laurie lächelte, zog die Augenbrauen hoch und sah Antônio in die Augen.

Antônio zeigte seine perfekten weißen Zähne. »Äußerst erfreut!«

»Hast du Zeit, einen Kaffee oder Tee mit mir zu trinken?«, fragte Finola und deutete auf den Tisch mit ihrem erst halb getrunkenen Latte macchiato.

»Mehr als das«, antwortete Antônio. »Ich habe dich so sehr vermisst, dass ich jetzt nach Edinburgh gezogen bin. Nun können wir uns endlich wieder regelmäßig sehen. Und ja, ich nehme eine Tasse Tee. Darjeeling, bitte.«

Finola fing Lauries amüsierten Blick auf. Doch sosehr sie sich im ersten Moment über das Wiedersehen gefreut hatte, fand sie es gar nicht so lustig, ihren Ex-Freund nun dauerhaft in ihrer Nähe zu wissen. Schließlich hatte sie geglaubt, ihn erfolgreich hinter sich gelassen zu haben.

Kapitel 2

Ein wenig atemlos betrat Finola die große Küche in Anne Scotts Haus, das auch die Detektei beherbergte.

»Bin ich zu spät?«, fragte sie, reckte ihren Hals und blickte zu der Uhr über der Tür.

»Nein, alles okay, Lachie und ich waren nur früher fertig, also hab ich gleich Tee gekocht, und wir haben uns schon mal zusammengesetzt.« Anne lächelte.

Im Gegensatz zu den schlichten grauen Etuikleidern, Kostümen oder Hosenanzügen, die sie sonst trug, um, wie sie Finola erklärt hatte, als Inhaberin des Detektivbüros seriös zu wirken, hatte Anne an diesem Nachmittag ein schwarz-lila gestreiftes weites Kleid und lila Strumpfhosen an, ihre Füße steckten in hellblauen Stricksocken. Sie sahen selbst gemacht aus – vielleicht ein Geschenk von Lachie.

Annes Kreativität galt im Gegensatz zu seiner schließlich nicht dem Stricken, sondern der Malerei. In den letzten Tagen hatte sie viel Zeit in ihrem Atelier im obersten Stock des Hauses verbracht, das hatte ihr gutgetan, fand Finola. Sie sah deutlich entspannter aus als noch vor wenigen Wochen, als sie sie kennengelernt hatte. Selbst ihr graumelierter Kurzhaarschnitt wirkte irgendwie weicher.

Finola stellte die weiße Schachtel mit den Cupcakes

auf den großen alten Holztisch und holte drei Teller aus dem Schrank.

»Ich hab euch was mitgebracht«, verkündete sie.

»Das passt ja bestens.« Lachies Augen hinter der Hornbrille zwinkerten. »Wir haben wieder was zu feiern.«

»Hast du die Webseite etwa schon fertig?«, fragte Finola und setzte sich zu Anne und Lachie an den Tisch. »Oder hast du die Konkurrenz gehackt und denen ein paar Klienten für uns abspenstig gemacht?« Sie öffnete die weiße Verpackung. »Bedient euch!«

Lachie schob die Schachtel näher zu Anne, damit sie sich als Erste einen Cupcake nehmen konnte.

»Die Website ist tatsächlich fertig. Du solltest sie nachher noch mal prüfend anschauen, dann kann ich sie online stellen«, erklärte Lachie.

Er wirkte ein wenig verlegen und gleichzeitig stolz, und einen Augenblick lang konnte Finola in dem Mann mit der Stirnglatze den kleinen Jungen sehen, der Lachlan MacKinnan wohl einmal gewesen war.

»Und natürlich hacke ich niemanden ohne Not!«, fügte er hinzu.

Finola lachte und griff nach dem letzten der Blaubeer-Cupcakes, während Anne ihr Tee eingoss.

»Und Not haben wir nicht – wir haben nämlich unseren ersten Fall als *MacTavish & Scott!*« Annes breites Lächeln verriet ihre Erleichterung.

»Siehst du, ich hab doch gesagt, wir schaffen das! Darauf ein cheers!« Finola hob ihren Teebecher.

»Auf meine beiden Chefinnen!« Lachie stieß mit ihr an.

»Du hättest dich als dritter Partner einkaufen können«, sagte Anne und erhob ebenfalls ihren Teebecher.

»Dann wärst du jetzt nicht mehr mein Sklave, äh, Ange-
stellter …«

Alle drei begannen zu lachen.

»Aber dann würdet ihr mir kein regelmäßiges Gehalt
zahlen. Und ich müsste am Ende Entscheidungen treffen, statt einfach nur blind euren Anweisungen zu folgen. Nein, danke!« Lachie grinste.

Finola wechselte zwischen zwei Bissen das Thema:
»Was ist denn das für ein Fall? Wieder eine Observierung?«

»So ähnlich«, antwortete Anne. »Es geht um eine Studentin, deren Eltern sich Sorgen machen. Sie haben die
Befürchtung, ihre Tochter nimmt weder ihr Studium
noch ihr Leben an sich ernst genug. Auf jeden Fall mel-
det sie sich nicht regelmäßig wie abgesprochen, und wir
sollen nachforschen, was da los ist.«

»Und warum schauen die Eltern nicht einfach mal
vorbei und überraschen ihre Tochter?« Finola schüttelte
den Kopf. »Ich meine, mir ist es recht so, wir können das
Honorar mehr als gut gebrauchen, aber ich selbst würde
in so einem Fall kein Geld für eine Detektivin ausge-
ben.«

»Nun, über sechstausend Meilen Anreise sind schon
ein Argument«, sagte Anne. »Die Eltern der Studentin
leben in der Nähe von São Paulo.«

»In Brasilien?«

»Als ich zuletzt nachgeschaut habe, lag São Paulo tatsächlich in Brasilien.«

»Ich weiß«, stellte Finola klar. »Es ist nur seltsam,
also heute ist das schon das zweite Mal, dass jemand aus
Brasilien … Ich hab vorhin nämlich Antônio getroffen.«

»Ist das nicht der junge Mann, der letzten Monat dein
Gepäck hergebracht hat? Der gut aussehende?«

Lachie sah bei Annes Worten von seinem Cupcake auf.

Finola nickte. »Ja, genau der. Er ist gerade nach Edinburgh gezogen.«

»Und?« Anne musterte Finola. »Freust du dich?«

»Ich weiß nicht«, sagte Finola ehrlich. »Irgendwie schon. Nur gehört er zu meinem alten Leben, nicht hierher, und ich hatte eigentlich mit ihm abgeschlossen. Aber das hat er wohl nicht so wirklich verstanden – vielleicht hätte ich deutlicher sagen müssen, dass ich mich nicht nur von ihm trenne, weil ich umziehe.« Sie zuckte mit den Achseln. »Wir werden sehen. Aber jetzt zurück zu der Studentin.«

»Letícia de Sousa Machado«, sagte Anne. »Sie ist von ihrer Uni in São Paulo über ein Austauschprogramm an die University of Edinburgh gekommen. Glaubt man ihrem Vater, ist sie ein hochintelligentes und strebsames Mädchen. Doch sie geht seit einer Woche nicht ans Telefon, wenn die Eltern anrufen. Und die Uni gibt keine Auskunft, ob sie an den Vorlesungen teilnimmt.«

»Wie alt?«

»Neunzehn.«

»Hm. Ziemlich jung. Vielleicht genießt sie erst mal die Freiheit?«

»Oder es ist ihr tatsächlich etwas passiert, und weil sie noch keine zwei Monate im Land ist und bisher nur wenige Menschen kennt, hat niemand gemerkt, dass sie verschwunden ist.« Annes Stimme klang ernst.

»Auch möglich«, gab Finola zu. »Ich kümmere mich sofort darum, hab heute nichts mehr vor. Also kann ich gleich mal für unsere Detektei arbeiten.« Sie grinste. »Hast du eine Adresse?«

»Im Büro liegt die Akte mit allen Informationen, die ich von den Eltern bekommen habe. Aber trink ruhig zuerst in Ruhe deinen Tee. Und deinen zweiten Cupcake solltest du auch essen, bevor Lachie ihn sich einverleibt.«

Lachie schüttelte den Kopf. »Ich doch nicht«, behauptete er.

Sicherheitshalber griff Finola aber dennoch nach dem Karamell-Gebäck.

»Wie haben die Eltern in Brasilien *MacTavish & Scott* überhaupt gefunden?«, fragte sie. »Im Moment haben wir ja nicht einmal eine Webseite.«

»Doch, haben wir. Die alte MWS-Investigators-Seite ist derzeit noch online«, erklärte Lachie.

»In diesem Fall ging der Kontakt aber nicht über die Webseite, sondern ich wurde direkt angerufen. Malcolm hat wohl früher schon einmal für Letícias Vater gearbeitet«, fügte Anne hinzu.

Finola nickte langsam. Malcolm Scott, Annes Mann, dem die Detektei gehört hatte, bis ihn ein LKW überfahren hatte. Immerhin schien er seinen ehemaligen Klienten zufriedengestellt zu haben, sodass sie jetzt ein wenig davon profitieren konnten. Ansonsten waren sie hier im Haus nicht besonders gut auf Malcolm Wallace Scott zu sprechen.

Kapitel 3

»Ich dachte, du wolltest die Kleine jetzt als Erstes nach England schicken?« Lachies Stimme riss Anne aus ihren Gedanken.

Nachdem Finola aufgebrochen war, um zu überprüfen, ob Letícia de Sousa Machado nicht doch in ihrer Studentenbude saß und nur ein kaputtes Handy hatte, waren sie und Lachie einfach in der Küche sitzen geblieben.

Es tat Anne gut, bewusst eine Pause zu machen und nicht fast ununterbrochen für die Detektei zu arbeiten – die letzten Wochen mit der Abwicklung von MWS *Investigators* und der Neugründung von *MacTavish & Scott* waren mit all dem rechtlichen Kram wirklich nicht einfach für sie gewesen.

Und es war sogar überraschend angenehm, hier einfach so mit Lachie zu sitzen und nicht vor der leeren Leinwand zu stehen und erkennen zu müssen, dass ihr die Kreativität vergangener Jahre abhandengekommen war. Immerhin hatte sie in den letzten Tagen einige kleine Aquarelle gemalt, weite Landschaften mit viel Himmel und Meer, die ihrer Seele guttaten.

»Ich glaube, ich brauche jetzt etwas anderes als Tee«, sagte Anne und stand auf. Sie holte den Laphroaig und zwei Gläser und schenkte ihnen beiden ein.

»Hast du keinen richtigen Single Malt mehr?«, fragte Lachie mit skeptischer Miene.

Anne schüttelte den Kopf. »Ich weiß, dass der dir eigentlich zu torfig ist«, sagte sie. »Aber das ist der Rest meiner Bar. Wenn die nächsten Zahlungen eintreffen, füll ich wieder auf.«

»Na ja, besser als nichts. Man kann sich auch daran gewöhnen. Slàinte!«

»Slàinte!«

Sie tranken. Die Wärme und der torfig-rauchige Geschmack, den der Whisky im Mund hinterließ, waren genau das Richtige, fand Anne, wenn sie über Malcolm sprachen. Gerade weil auch er kein Fan ihres Lieblings-Malts gewesen war.

»Ja, ich dachte, sie könnte nach York fahren und dort vor Ort ein paar Erkundigungen einziehen. Vielleicht kriegt sie mehr raus, wenn sie die Leute persönlich fragt. Wir sind ja von hier aus nicht wirklich viel weitergekommen.«

»Hast du schon mit ihr darüber gesprochen, dass sie Malcolms Tochter spielen soll? Für die Rolle musst du sie gut briefen, schließlich hat sie ihn nicht gekannt, die Leute, mit denen sie reden wird, jedoch wahrscheinlich schon.«

»Ich weiß.« Anne seufzte. »Aber dieser Auftrag jetzt ist wichtiger, weil diese Brasilianer sehr gut zahlen. Wir haben ja keinen solchen finanziellen Puffer, dass ich meine persönlichen Probleme vorziehen kann.«

»Was heißt persönliche Probleme?«

Lachie nahm einen erneuten Schluck. Ganz so schlecht, wie er immer tat, schien ihm der Laphroaig gar nicht zu schmecken.

»Das Geld, das Malcolm einfach so von eurem Konto abgehoben hat, war ja nicht gerade wenig. Und was ist mit den Schulden, die er hinterlassen hat? Beinahe wäre die Detektei darüber kaputtgegangen! Wieso also ist das dein persönliches Problem?«

Anne stand auf und ging zum Vorratsschrank. »Soll ich uns ein paar Spaghetti kochen?«, fragte sie.

»Anne, setz dich. Wir haben eben jeder zwei fette Kuchen gegessen. Du brauchst nicht zu kochen, nicht einmal als Übersprunghandlung.«

Anne seufzte. Lachie hatte ja recht. Aber wenn sie an ihren verstorbenen Mann und den fehlenden Betrag dachte, überkam sie regelmäßig der Wunsch, wegzulaufen oder sich mit was ganz anderem zu beschäftigen.

»Ach, Lachie, was kann er mit dem Geld gemacht haben? Warum war er überhaupt in York? Oder hängt das gar nicht zusammen? Dieser Fall mit dem verschwundenen Jungen, dem er angeblich nachgehen wollte – nicht einmal du hast eine Spur davon gefunden. Er hat also gelogen! Er hat mich einfach angelogen! Wenn er dort nicht den Unfall gehabt hätte, wäre er …«

»Wir kriegen das raus.« Lachie wirkte zuversichtlich. »Wir wissen doch schon eine ganze Menge.«

»Nicht genug.«

»Wir wissen, in welchem Hotel er ein Zimmer gebucht hatte. Und unter welchem Namen.«

»Aber er ist dort nicht aufgetaucht. Stattdessen ist er am nächsten Tag von diesem verdammten *LKW* …« Anne wischte sich Tränen aus den Augen.

Lachie nahm ihre Hand. »Es wird alles gut, Lassie. Sobald Finola diese brasilianische Studentin gefunden hat und den Fall abschließt, werde ich sie briefen. Es ist sicher einfacher für dich, wenn ich das übernehme.«

Anne nickte. »Danke«, sagte sie leise. »Du bist wirklich ein Freund. Und jetzt reden wir bitte über was anderes.«

Doch in ihrem Hinterkopf kreiste immer noch die Kardinalfrage: Wo hatte Malcolm die letzte Nacht seines Lebens verbracht?

Kapitel 4

Letícia de Sousa Machado wohnte laut den Informationen ihrer Eltern nicht in einem der Studentenwohnheime, sondern in einer eigenen Wohnung in West Newington Place. Die kleine Straße im Stadtteil Newington lag sehr günstig zum George Square, wo die Business School der University of Edinburgh, an der Letícia studierte, in einem modernen Bau ihr Zuhause gefunden hatte.

Die Häuser in West Newington Place waren weit weniger modern als das Uni-Gebäude, stellte Finola fest. Die schmale Straße, die nur ihren Anwohnern Parkplätze bot, säumten alte drei- oder vierstöckige Häuserreihen aus Sandstein. Und – was für eine Studentin wichtig sein würde – die Newington Road mit ihren Bushaltestellen und vielen kleinen Geschäften war direkt um die Ecke.

Finola sah sich nach der passenden Hausnummer um. Hier irgendwo links musste es sein. Steintreppen führten zu den Haustüren im Hochparterre, schmiedeeiserne glänzend schwarze Geländer schützten Passanten davor, in die Schächte vor den Souterrain-Eingängen zu stürzen. Genau dort wurde sie fündig: Die Wohnung, die Letícias Eltern ihrer Tochter spendierten, lag in eben solch einem Souterrain.

Finola klingelte.

Niemand öffnete.

Sie klingelte noch einmal und legte ihr Ohr an die Haustür. War da nicht ein Geräusch?

Dritter Versuch. Nichts.

Langsam stieg Finola die Treppe wieder hinauf und gleich auch noch die zweite zur oberen Haustür.

Dort wurde ihr auf ihr Klingeln schnell geöffnet.

Eine kleine rundliche Frau um die sechzig schaute zu ihr auf. »Ja, bitte? Ich hoffe, Sie sind nicht von den Zeugen Jehovas!«, sagte sie streng.

»Nein, nein«, versicherte Finola. »Ich bin von der Universitätsverwaltung und muss etwas abgeben für eine Letícia de Sousa Machado. Persönlich. Die soll hier wohnen.«

»Nicht hier. Unten.« Sie deutete mit dem Zeigefinger auf den Boden.

»Oh, Verzeihung, sind Sie dann die Vermieterin? Ms …?«

»Turnbull. Ja, mir gehört die Wohnung. Warum? Ist etwas nicht in Ordnung?«

»Nein, nein«, versicherte Finola. »Es ist nur eine Formsache, weil Miss de Sousa Machado einen Mietzuschuss beantragen will.«

»Einen Zuschuss? Wie denn das? So was hatte ich noch nie. Und ich vermiete die untere Wohnung seit Jahren an Studentinnen. Ich nehme immer nur Mädchen, weil die sauberer sind«, erklärte Ms Turnbull.

»Ähm, ja, das ist jetzt in diesem Jahr neu«, behauptete Finola.

»Na, mir soll's egal sein, solange ich meine Miete kriege. Und die kommt direkt vom Vater. Das möchte ich immer so, ist am sichersten.«

»Sehr gut. Wissen Sie zufällig, wann ich ihre Mieterin am günstigsten zu Hause antreffe?«

»Nein, da kann ich Ihnen leider gar nicht helfen. Diese Studentinnen haben so unterschiedliche Tagesabläufe, und Miss de Sousa Machado wohnt ja noch nicht lange hier. Ich sehe sie so gut wie nie. Gehen Sie doch mal runter und klingeln. Vielleicht ist sie ja da.« Ms Turnbull trat einen Schritt zurück und machte Anstalten, die Tür zu schließen.

»Das werde ich tun«, sagte Finola schnell. »Vielen Dank, Ms Turnbull.«

Die Vermieterin nickte halbwegs freundlich und schloss dann ihre Haustür.

Finola stieg die Treppen wieder hinunter ins Souterrain und setzte sich auf die zweitunterste Stufe. Ein wenig würde sie noch warten, vielleicht kam Letícia ja gleich nach Hause. Und wenn nicht, konnte sie beim Warten immerhin schon mal die weitere Strategie planen, um sie morgen früh mit Anne abzusprechen.

Sie beide waren grundsätzlich übereingekommen, dass Anne weiterhin hauptsächlich den Innendienst übernehmen würde – sprich den lästigen Bürokram und den seriösen Kontakt zu den Klienten. Finola war für den Außendienst zuständig – Observierungen, Befragungen und persönliche Kontaktaufnahmen, wenn nötig auch verkleidet und unter falschem Namen. Lachie würde sie beide mit seinen Computerkenntnissen unterstützen und zusätzlich Aufträge wie Online-Überwachungen oder -Überprüfungen für *MacTavish & Scott* erledigen.

Wer also konnte Finola vorgeben zu sein, falls diese Letícia nicht in absehbarer Zeit auftauchte? Die Idee mit dem Mietzuschuss von der Uni war nicht besonders gut, so etwas schien es nicht zu geben.

Dass sie Letícias Schwester oder Cousine war, würde ihr auch niemand abnehmen. Sie zog das Foto aus der Tasche, das Senhor Machado gemailt und Anne ausgedruckt hatte. Darauf posierte eine lachende junge Frau in einem roten Minikleid. Ihre Brüste schienen außergewöhnlich prall – wahrscheinlich waren sie operiert, Schönheits-OPs waren in Brasilien ja wohl sehr verbreitet. Dazu das lange blondierte Haar, das für Finolas Empfinden doch einen sehr künstlichen Kontrast bildete – Letícias Haut war zwar heller als Antônios, aber nicht wirklich weiß.

Plötzlich öffnete sich die Tür vor ihr.

Finola sprang auf.

Doch die junge Frau mit dem unordentlichen Haarknoten, die ihr nun gegenüberstand und erschrocken aussah, war nicht die, die sie erwartet hatte.

»Hey! Ich dachte schon, es wäre niemand da. Ich will zu Letícia. Die wohnt doch noch hier?«, plapperte Finola los und versuchte, über die Schulter der Frau in die Wohnung zu schauen.

»Ähm, ja. Eigentlich schon. Aber sie ist nicht da.«

»Oh, Mist. Wann kommt sie zurück?«

Die junge Frau zögerte. »Warum willst du das wissen?«, fragte sie schließlich.

»Ich bin mit ihr verabredet. Also nicht um eine bestimmte Zeit, aber – ich bin so was wie 'ne Freundin – wir haben uns letztes Jahr auf meiner Südamerikareise kennengelernt.«

»Sie hat mir gar nicht erzählt, dass sie Bekannte in Schottland hat.«

»Ich bin ja auch gerade erst zurückgekommen. Aus Peru«, improvisierte Finola schnell. »Sie weiß noch gar nicht, dass ich wieder hier bin. Aber ich bin leider nur ein paar Tage in Edinburgh. Und ich wollte sie unbedingt sehen.«

»Ich bin Carol.« Der Gesichtsausdruck der jungen Frau war nun wesentlich freundlicher.

»Bist du ihre Mitbewohnerin?«

»Nee, zumindest nicht offiziell. Tissy hat mir aber ihre Schlüssel gegeben, weil mein Zimmernachbar im Studentenwohnheim so laut ist, dass ich manchmal gar nicht richtig lernen kann. Dann kann ich hierherkommen, auch wenn sie weg ist.«

»Also warst du jetzt zum Lernen hier?«

Carol nickte.

»Was meinst du, wann ich sie am besten erreiche? Oder hast du vielleicht eine Handynummer von ihr? Ich hab nur die brasilianische aus São Paulo …«

»Sorry, mit Tissys Handy scheint was nicht in Ordnung zu sein. Da geht seit gestern immer gleich die Mailbox ran. Und ich weiß auch nicht, wo sie ist. Hab sie schon 'ne Woche nicht mehr gesehen.«

Kapitel 5

Anne war gerade dabei zu telefonieren, als Finola am Morgen das Büro betrat.

»Vielen Dank, ja, ich sende Ihnen den Vertrag sofort zu. Good bye.« Sie steckte das Telefon zurück in die Ladestation und wandte sich Finola zu. »Lange observiert gestern? Du siehst müde aus.«

Finola schüttelte den Kopf und setzte sich. »Nein, aber ich hab schlecht geschlafen.«

»Und du hast nicht die Tropfen deiner Granny genommen? Bei mir haben die kürzlich sehr gut gewirkt.«

Finola verzog das Gesicht. »Ob du's glaubst oder nicht, ich hab nicht daran gedacht. Ich bin ja auch immer wieder eingeschlafen, nur eben nicht dauerhaft.«

Anne sah aus, als wollte sie weiter nachbohren, also fragte Finola schnell: »War das am Telefon etwa noch ein neuer Auftrag?«

»Ja, stell dir vor. Lachie wollte doch nicht mehr warten und hat gestern Abend schon mal testweise unsere Webseite freigeschaltet. Und heute Morgen gab es schon einen Anruf darüber.« Anne lächelte. »Wir sollen den Hintergrund eines zukünftigen Kindermädchens überprüfen. Ist in erster Linie was für Lachie, aber ich werde natürlich auch noch persönlich zu der Familie gehen, wo die Nanny früher gearbeitet hat. Das Arbeitszeugnis ist nämlich fast zu schön, um wahr zu sein.«

»Oder sie haben eine echte Perle entdeckt – soll es ja auch geben.«

Anne seufzte. »Du bist immer so optimistisch. Also, jetzt aber zu deinem Fall: Was ist mit dieser Brasilianerin? Hast du sie wohlbehalten gefunden?«

»Leider nein. Sie war nicht zu Hause, die Vermieterin weiß von nichts, und Anrufe gehen sofort auf die Mailbox. Aber in ihrer Wohnung war eine Freundin, die ich abpassen konnte. Diese Carol hat Schlüssel, um dort in Ruhe zu lernen, wenn es in ihrem Wohnheim zu laut ist. Allerdings hat auch sie Tissy seit einer Woche nicht gesehen. Ich hab Carol meine Nummer gegeben, und sie hat versprochen, sich zu melden, sobald sie Tissy sieht oder von ihr hört.«

»Tissy?«

»Letícia nennt sich normalerweise Tícia, und Tissy ist der Spitzname, den ihre Freundin Carol ihr gegeben hat, weil sie das so süß findet.« Finola konnte sich das Augenrollen nicht verkneifen.

Anne nickte. »Und was erzählt Carol sonst so über – äh ... Tissy?«

»Nicht viel. Die beiden kennen sich ja erst seit Kurzem, Carol hat nicht wirklich eine Ahnung vom sonstigen Umgang ihrer neuen Freundin, aber sie hat mir den Namen einer Mitstudentin gegeben, mit der Tissy sich ein paarmal zum Lernen in der Bibliothek getroffen hat: eine Tessa, deren Nachnamen ich allerdings noch rausfinden muss.«

»Tissy und Tessa? Wäre ein passender Titel für ein Bilderbuch! Irgendwas mit Mäusen oder Hamstern.«

Finola lachte. »Ich hatte als Kind mal ein Bilderbuch mit einem Hamster, der mit seiner Hamsterfreundin alle möglichen Abenteuer erlebte. Verflixt, jetzt krieg ich das Bild nicht mehr aus dem Kopf – hoffentlich fange ich nicht an zu lachen, wenn ich Tissy und Tessa zusammen sehe.«

»Na ja, das kommt vielleicht auf ihre Zähne an.« Anne grinste.

Finola prustete erneut los.

»Puh, das ist gemein!«, sagte sie schließlich und schüttelte den Kopf.

»Hast du dich eigentlich schon bei einer Zahnarztpraxis registriert?«, fragte Anne aus heiterem Himmel.

»Wieso? Hab ich was an den Zähnen?« Finola fuhr unwillkürlich mit ihrer Zunge über die Schneidezähne.

»Nein, nein. Der Gedanke kam mir nur, weil ich gestern Abend noch bei *Waitrose* zum Einkaufen war und auf dem Rückweg Helen Burke gesehen habe. Die Arme wurde mit dem Notarztwagen abtransportiert. Sie ist die Inhaberin der *Burke Dental Clinic.*«

Finola sah sie fragend an.

Anne schüttelte den Kopf. »Sorry, ich weiß auch nicht, warum ich gerade jetzt schon wieder an sie denken musste. Doch, wegen der Hamsterzähne und vielleicht auch weil ihre Tochter ebenfalls Tessa heißt. Die war mit Iain in der Klasse. Meinem jüngsten Sohn«, fügte sie hinzu.

»Bisher hab ich mich noch nirgendwo eintragen lassen«, beantwortete Finola Annes Frage von vorher. »*Burke Dental Clinic*? Ist die gut? Aber wenn die Zahnärztin jetzt ausfällt …«

»Sie ist ja nicht die Einzige dort«, gab Anne zu bedenken. »Und vielleicht gefällt dir das Zusatzangebot von Anti-Falten-Behandlungen, das sie seit Neuestem haben.« Sie grinste.

»Hm. Ich bin nicht sicher.« Finola fuhr sich mit den

Fingerspitzen übers Gesicht. »Ich hab ja noch fast zwei Jahre, bis ich dreißig werde.«

»Ich bin bei *Green House Dental* sehr zufrieden. Die bieten allerdings kein Botox an.«

»Können wir vielleicht das Thema wechseln?«, fragte Finola. »Ich hab's nicht so mit Zahnärzten. Oder gibt es noch etwas zu dieser Ms Burke, was du mir sagen willst?«

Anne zögerte.

»Es gibt also was?«

»Nein, eigentlich nicht. Ich muss nur immer wieder daran denken. Obwohl es ja nichts mit uns zu tun hat«, sagte Anne schließlich. »Es war nur so – als ich an den Leuten vorbeigegangen bin, die neugierig am Krankenwagen herumstanden, hat jemand von Vergiftung gesprochen. Und eine andere Stimme hat das nicht gerade freundlich kommentiert.«

»Nicht gerade freundlich?«

»Der genaue Wortlaut war: Hat endlich jemand der blöden Kuh Gift gegeben!«

Kapitel 6

»Ah, Miss MacTavish.« Annes Haushaltshilfe schaltete den Staubsauger aus, als sie Finola die Treppe heraufkommen sah.

»Mrs B – geht's Ihnen gut? Und was macht Ihr Mann? Plant er weitere Schönheiten für Annes Garten im nächsten Jahr?«, erkundigte sich Finola.

»Meinem Geordie geht es bestens, er lässt Sie grüßen. Und Sie sollen doch mal wieder auf eine Tasse Tee vorbeikommen.«

»Ich hoffe sehr, es klappt nächste Woche«, versprach Finola. »Kommt drauf an, wie das mit meinem neuen Fall läuft.«

»Ein neuer Fall?« Mrs Bs Augen begannen zu strahlen. »Können wir Ihnen irgendwie helfen?«

Finola lächelte. »Nein, das schaff ich schon alleine.«

Mrs B war eine wunderbare Quelle für alles, was Morningside und die Menschen hier betraf, und ihr Mann hatte Finola mit seinem Gartenwissen bei einem ihrer ersten Fälle tatsächlich sehr geholfen, doch ein wenig anstrengend war das Paar. Beide waren über siebzig, aber Anne hatte es bisher nicht geschafft, sie in ihren wohlverdienten Ruhestand zu schicken.

Mrs B nickte. »Na, dann mach ich wohl am besten

mal weiter«, sagte sie ein wenig enttäuscht und stellte den Staubsauger wieder an.

Finola verschwand in ihrem Zimmer, das sie zur Mrs-B-freien Zone erklärt hatte und lieber selbst sauber hielt. Es war ihr unangenehm, dass jemand anderes ihren Dreck wegputzte. Außerdem fühlte es sich besser an, wenn keiner ihr kleines Reich betrat. Abgesehen von Olga natürlich. Die graue Katze war nicht so leicht fernzuhalten. Auch jetzt hatte sie irgendwie den Weg in Finolas Zimmer gefunden und sich auf der Fensterbank zwischen die beiden Topfpflanzen gequetscht.

Finola ging zu ihr hinüber und streichelte über das weiche Fell. Olga rührte sich nicht, begann aber, laut zu schnurren. Als Finola ihre Hand zurückzog, hob die Katze den Kopf.

»Ich muss jetzt arbeiten«, erklärte Finola ihr, setzte sich an ihren Schreibtisch und öffnete den Laptop.

Die Information, dass die gesuchte Studentin auch unter den Namen Tícia oder Tissy bekannt war, hatte sie auf die Idee gebracht, mit diesen Namen noch einmal die Social Media abzusuchen.

Auf Facebook wurde sie angesichts von Tissys Alter wie erwartet nicht fündig, konnte aber zumindest den neuesten Post ihrer Granny kommentieren und liebe Grüße schicken.

Bei Instagram sah es besser aus. Mehrere Accounts schienen vielversprechend: ticiaandrade, ticia_0202, ticiamo.beleza – ah, da war sie ja! Das Foto passte. ticiamo.beleza. Beleza? Schönheit? Eingebildet war sie wohl überhaupt nicht.

Mit einem kleinen Stich erinnerte sich Finola daran, dass Antônio sie früher manchmal so genannt hatte. Und daran, dass sie ihm versprochen hatte, ihn heute anzurufen. Zuerst aber musste sie sich diese ticiamo.beleza anschauen.

Tícia mit einer Schottland-Flagge im Edinburgh Castle, albern posierend an der Blumenuhr in den Princes Street Gardens, inmitten einer großen Clique junger Leute. Aber auch, ein wenig älter: Tícia im knappen Bikini am Strand, in einem kurzen Kleid und High Heels an einer Palme lehnend, mit einem Glas voller Limettenstücke und Eiswürfel in der Hand – Caipirinha? – und knallpink geschminkten Lippen. Dazu jede Menge Kommentare auf Portugiesisch mit jeder Menge Emojis.

Finola seufzte. War sie wirklich inzwischen zu alt, um diesem oberflächlichen Teeny-Gepose noch etwas abzugewinnen? Nein, sie war immer schon anders gewesen. In Tícias Alter hatte sie den verloren gegangenen Sinn in ihrem Leben gesucht.

Nun, vielleicht tat Tícia das auch, nur eben auf andere Weise. Suchte nicht jeder Mensch irgendwie nach Liebe und Anerkennung und seiner Bestimmung?

Finola scrollte noch ein wenig weiter, dann schaute sie sich die Liste von Tícias Followern an. Ah, da war carolhiggins123, das konnte die Carol sein, die sie gestern getroffen hatte.

Ja. Das Profilbild stimmte.

Und hier war auch Tessa: tessawlangley. Wlangley? Wahrscheinlich eher Langley, das W musste eine Initiale sein.

Wenige Klicks später wusste Finola genug, um ihre Suche nach Tessa gezielt zu beginnen. Tessa, die fast wie eine Schwester von Tissy aussah und auf ihren Bildern das gleiche lange Blondhaar in Szene setzte. Eines der Fotos hatte ihre neue Unterkunft gezeigt – die Pollock Halls, das große Studentenwohnheim in Newington.

Mit einem Satz sprang Olga auf den Schreibtisch.

»Ätsch, ich bin schon fertig, du kannst mich nicht mehr ablenken!«, sagte Finola, als die Katze es sich auf der Tastatur gemütlich machte.

Sie fuhr den Laptop herunter und streichelte noch einmal über Olgas Kopf. Dann griff sie nach ihrer Tasche und machte sich auf den Weg nach Newington.

Ihre Zimmertür ließ sie nur angelehnt.

Kapitel 7

»Entschuldigung, kannst du mir sagen, wo ich Tessa Langley finde?«

Dies war die vierte Bewohnerin des Studentenwohnheims, die Finola ansprach. Da Tessa nicht zu Hause war, hatte sie sich im Chanceller's Court direkt an dem Eingang zum Gebäude postiert, durch den Tessa gehen würde.

»Wenn sie nicht in ihrem Zimmer ist, ist sie wahrscheinlich in einer Vorlesung oder bei einem Seminar. Oder in der Bibliothek«, antwortete die junge Frau. »Oder vielleicht beim Einkaufen?«

»Aber du kennst Tessa?«

»Klar, die wohnt nur drei Zimmer weiter.«

»Wunderbar, dann kennst du möglicherweise auch Tícia – Tissy?« Finola zückte ihr Handy und zeigte eines der Instagram-Fotos.

»Hm, ich bin nicht sicher. Kann sein, dass die mal hier war. Ausländerin?«

»Brasilianerin.«

»Oh, dann weiß ich, wer das ist – die hat sich nämlich an Tessas englischen Freund rangemacht.« Die Studentin verzog verächtlich den Mund. »Und der – na ja, Männer halt.«

Interessant.

»Echt? Na, das ist doch ein No-Go unter Freundinnen!« Finola schüttelte den Kopf. »Das wird Tessa sicher getroffen haben.«

»Getroffen?« Die Studentin lachte. »Die war so was von stinksauer, als sie das mitgekriegt hat, dass ich nicht in der Haut dieser Brasilianerin stecken möchte!«

Ihr Blick verriet allerdings, dass sie eine Begegnung der beiden nur allzu gerne miterleben würde.

Finola trat einen Schritt näher an sie heran und beugte sich vertraulich vor. »Du meinst, sie will es ihr heimzahlen?«

»So wie sie gestern Abend klang … Warum willst du das überhaupt wissen?«

»Ich soll was schreiben – einen Artikel«, improvisierte Finola. »Über junge Leute aus Südamerika, die hier in Edinburgh studieren. Für die *Students Today*. Das ist ein neues Online-Magazin. Und mir hat jemand erzählt, dass Tícia und Tessa Freundinnen sind. Fand ich interessant, so eine internationale Freundschaft.«

»Spannend. Da kann ich dir aber nicht weiterhelfen. Und Tessa wohl auch nicht mehr – da ist nix mehr mit Freundschaft. Ende der 3T.«

»3T?«

»Tyler, Tessa, Tissy.«

»Tyler ist Tessas Freund?«

»War.«

»Weißt du zufällig seinen Nachnamen und wo ich ihn finden kann?«

Die Studentin legte den Kopf schief und runzelte die Stirn. »Willst du ihn etwa jetzt interviewen über seine ›Freundschaft‹ mit Tissy?«

Finola zuckte mit den Achseln. »Wieso nicht – ich muss ja irgendwie eine Story liefern.«

»Boah – ihr Reporter seid so was von ätzend! Selbst

wenn ich mehr über Tyler wüsste, würde ich es dir nicht sagen!«

Die junge Frau schob sich an Finola vorbei und verschwand im Gebäude.

Schade. Gleich jetzt etwas mehr über diesen Tyler zu erfahren, hätte Finola Mühe erspart. Nun, vielleicht konnte sie ja Tessa noch abpassen und sie direkt zu Tícia befragen. Mit ein wenig Geschick bekam sie wahrscheinlich auch einiges über diesen Tyler zu hören – das wäre hilfreich für den Bericht, den Tícias Eltern erwarteten.

Finola setzte sich auf eine der Bänke im Chancellor's Court, von der sie einen guten Überblick hatte.

Wenn Tícia nicht doch inzwischen von allein auftauchte und sie Tyler einen Besuch abstatten musste, überlegte Finola, war es vielleicht geschickt, eine hellblonde Langhaarperücke zu tragen. Von wegen Beuteschema. Na ja, Männer halt, wie die Studentin vorhin gesagt hatte. Finolas Freund Robbie war ja auch nicht wirklich anders gewesen.

Verrückt, dass der einzige Mann, von dessen Treue sie sicher wusste, ausgerechnet Craig Erskine war, den sie für ihren allerersten Auftrag observiert hatte, weil seine Frau ihn verdächtigt hatte, sie zu betrügen.

Kapitel 8

Nachdem Finola zwei Stunden lang praktisch alle, die aus dem Wohnheim kamen oder hineingingen, angesprochen hatte, wusste sie, dass Tessa außer Tícia bisher keine Freundinnen gefunden hatte. Meistens schien sie ohnehin – bevor es vorbei war – nur mit ihrem Freund zusammenzuhängen, über den allerdings niemand wirklich etwas sagen konnte.

Zwei weitere Studentinnen kannten Tessa oberflächlich, nicht aber Tícia.

Finola seufzte und gab für den Moment ihren Posten auf. Sie würde gegen Abend noch einmal zurückkommen müssen, dann war Tessa hoffentlich zu Hause.

Der Weg zur Bushaltestelle war nicht weit, und die Fünf kam nach wenigen Minuten Wartezeit. Finola stieg ins Oberdeck. Ganz vorn waren Sitzplätze frei – wie schön! Hier saß sie am liebsten. Sie genoss die freie Aussicht auf die Straße und die Menschen, auf deren Leben sie so einen Moment lang ihren Blick hatte. Zwei ältere Männer vor einem Zeitungsladen, eine Mutter, an deren Hand ein Kind hüpfte, eine Frau mit vollen Einkaufstaschen. Wer sie wohl waren? Wie ihr Leben aussah?

Ihr Magen knurrte. Spontan beschloss Finola, nicht am Church Hill auszusteigen, sondern noch ein Stück weiterzufahren und sich in *Laurie's Café* einen Latte macchiato, einen Salat und einen der quietschbunten Cupcakes zu gönnen. Sie sah auf die Uhr. Hoffentlich war es nicht allzu voll.

Es war nicht voll – ganz im Gegenteil. An keinem der Tischchen saß auch nur eine Person, niemand stand bewundernd vor der Auslage mit den bunten Minikuchen, nur Laurie saß auf einem Hocker hinter der Theke und sprang auf, als Finola ins Café trat.

»Hi. Magst du was? Heute spendier ich dir, was du willst!«, rief sie.

Ihre Fröhlichkeit wirkte aufgesetzt, ihr Lächeln erreichte nicht ihre Augen. Was war hier los?

Finola bestellte nach einem Blick auf die kleine Tafel, die auf der Verkaufstheke stand: »Ich würde gerne einen Salat mit Ziegenkäse essen. Und danach einen von diesen grässlich aussehenden Regenbogencupcakes. Kann mir nicht vorstellen, dass die schmecken, aber man muss ab und zu was wagen.«

»Du kannst ja beim Essen die Augen zumachen«, schlug Laurie vor. »Latte macchiato dazu?«

Finola nickte.

»Setz dich, ich komme gleich.«

Finola setzte sich an das hinterste Tischchen und beobachtete Laurie, wie sie mit routinierten Bewegungen ihre Bestellung auf ein Tablett richtete und ein Kännchen Tee und eine Tasse dazustellte.

»Heute habe ich mal etwas mehr Zeit für dich.«

Laurie kam herüber, deckte alles auf den Tisch, stellte das Tablett an die Wand und setzte sich zu Finola.

»Das sehe ich. Was ist denn los? Haben heute alle schon früher ihre Mittagspause gemacht? Thank God it's Friday und so?«

Laurie goss sich Tee ein und seufzte tief. »Du bist erst

meine zweite Kundin heute. Vor zwei Stunden hat sich eine Touristin hierher verirrt.«

Finola schüttelte den Kopf. »Das verstehe ich nicht, ist etwas passiert?«

Laurie zog eine Grimasse. »Ich sollte dich vielleicht warnen, hier zu essen oder zu trinken – es könnte sein, dass ich eine Giftmischerin bin!«

Finola lachte kurz auf, aber an Lauries Gesichtsausdruck war klar zu erkennen, dass ihre Worte nicht als Scherz gemeint waren.

»Und dann sitzt du hier rum und bist noch nicht verhaftet?« Sie versuchte dennoch, den leichten Ton beizubehalten.

Der Salat sah wirklich lecker aus. Finola stach mit der Gabel hinein.

»Na ja, die Polizei hat bei mir kein Gift gefunden.«

Finola ließ ihre Gabel sinken. »Das ist jetzt aber nicht dein Ernst?«

Laurie antwortete nicht, griff nur nach ihrer Teetasse und trank ein paar Schlucke. Ihre Augen schimmerten auf einmal feucht.

Finola drückte kurz ihre Hand. »Ich glaube, du solltest mir das Ganze mal von vorne erzählen. Sieht ja aus, als hättest du Zeit. Also: Wieso sucht die Polizei bei dir nach Gift? Wen sollst du denn vergiftet haben?«

»Helen. Helen Burke.«

»Die Zahnärztin? Anne hat mir erzählt, dass sie zufällig dazukam, als die gestern mit dem Notarztwagen abgeholt wurde.«

Laurie nickte. »Helen wurde möglicherweise vergiftet. Und irgendjemand hat wohl ausgesagt, dass sie in der Mittagspause bei mir gegessen hat. Also war die Polizei hier und hat alles durchsucht.«

»Aber nichts gefunden.«

Laurie nickte. »Bei mir zu Hause auch nicht«, fügte sie hinzu.

»An was für einem Gift ist sie denn gestorben?«, erkundigte sich Finola vorsichtig und nahm eine Gabel voll Salat. Gerade zum Trotz. Die Idee, dass Laurie ihre Gäste vergiftete, war absurd. Oder? Kannte sie sie wirklich gut genug, um das zu beurteilen? Ganz so wie vorher schmeckte der Salat nicht mehr.

»Das hat niemand gesagt, aber sie ist zum Glück nicht tot.« Laurie starrte in ihre Teetasse. »Hoffentlich sagt sie aus, dass es nicht hier passiert sein kann. Andererseits, sie liest ja immer in ihrer Pause, da könnte ihr schon jemand was in den Tee geschüttet haben, wenn er oder sie bei ihr am Tisch saß.«

Mit einem Schlag begriff Finola. »Helen ist die Frau mit dem Buch, bei der ich gestern am Tisch gesessen habe.«

Laurie sah auf. »Ja, das könnte sein. Oh Mist, das hatte ich gar nicht mehr auf dem Schirm. Ich hab der Polizei nicht gesagt, dass du auch noch da warst. Hoffentlich denken die jetzt nicht …«

»Dass ich es war? Ich kenne diese Helen doch überhaupt nicht.«

Laurie seufzte tief. »Auf jeden Fall will heute niemand mehr bei mir essen oder trinken. Ich werde das alles hier wegschmeißen müssen und dann kann ich den Kredit nicht zurückzahlen und …« Sie kämpfte mit den Tränen.

»Was kann ich tun, um dir zu helfen? Also, ich nehm schon mal sechs Cupcakes für *MacTavish & Scott* mit.«

»Das ist lieb«, sagte Laurie mit belegter Stimme. »Aber das allein wird nicht reichen. Kannst du nicht einfach meine Unschuld beweisen und herausfinden, wer Helen vergiftet hat?«

Kapitel 9

Anne rieb sich die Stirn. Sie hatte es nicht lassen können, noch einmal den kompletten E-Mail-Verkehr ihres verstorbenen Mannes aus den letzten sechs Monaten seines Lebens durchzulesen. Irgendwo musste es doch einen Hinweis geben, eine Bemerkung, die ihr weiterhalf! Die ein wenig Licht darauf warf, was Malcolm gedacht und getan hatte. Die erklärte, wo das Geld abgeblieben war. Die vielleicht sogar einen Zusammenhang mit seinem Tod in York herstellte.

»Hi, Anne.«

Anne zuckte zusammen. Sie hatte Finola nicht ins Büro kommen gehört. Hastig schloss sie das Mailprogramm.

»Ich hab dir was mitgebracht.« Finola stellte einen Teller mit zwei Cupcakes vor sie hin.

»Genau das, was ich jetzt brauche!« Anne seufzte.

»Ist die Nanny so schwierig zu durchschauen?« Finola setzte sich mit ihrem eigenen Teller in der Hand auf einen der Stühle vor dem Schreibtisch. »Erzähl!«

»Nein, bei dem Fall läuft alles gut«, sagte Anne zwischen zwei Bissen der kleinen Köstlichkeit.

»Bei *dem* Fall? Hast du noch einen anderen?«

Anne schüttelte den Kopf.

Finola sah sie fragend an, aber Anne beschloss, nicht

darauf einzugehen. Stattdessen fragte sie zurück: »Wie sieht es bei dir mit der Machado-Tochter aus? Hast du sie gefunden?«

»Fast. Ihre Freundin Tessa war nicht zu Hause, da gehe ich heute gegen Abend noch mal hin. Aber zu der Beziehung hab ich eine interessante Info gekriegt. Die gute Tissy soll Tessa nämlich den Freund ausgespannt haben. Und Tessa soll ihr das seeehr übel genommen haben.«

»Spricht irgendwas dafür, dass sie sich an ihr gerächt hat?«

»Gerächt? Meinst du gerächt so wie ihr eine Stinkbombe in die Wohnung geschmissen? Oder gerächt so wie entführt und eingesperrt? Oder gar gerächt wie um die Ecke …«

»Finola!«

»Sorry, ich bin gerade nicht besonders gut drauf. Also – ich hab keine Ahnung. Ich persönlich würde mich ja eher an dem Freund rächen.«

Anne hob die Brauen.

»Na, ist doch wahr!«, verteidigte sich Finola. »Am wahrscheinlichsten ist aber, glaube ich, dass mein Zielobjekt sich in Tylers starken Armen rekelt.«

»Rekelt?«

Statt zu antworten, nahm Finola einen großen Bissen von ihrem Cupcake.

»Weißt du Näheres über diesen Freund – Tyler?«

»Nur, dass er Engländer ist und auf junge Blondinen zu stehen scheint. Aber wenn ich Tessa heute Abend abpasse, verrät sie mir sicher mehr.«

»Gut, dann läuft das ja so weit, und ich kann Senhor Machado beruhigen, falls er anruft. Und das wird er, fürchte ich.«

Finola nickte, doch sie wirkte gedankenabwesend.

»Warum nur habe ich das Gefühl, dass dich ganz was anderes beschäftigt? Ist es dein junger Mann?«

»Antônio? Nein. Ich muss an diese Helen Burke denken. Weißt du, dass sie tatsächlich vergiftet wurde, das aber überlebt hat?«

»Hat sich rumgesprochen«, bestätigte Anne und griff nach ihrem zweiten Cupcake.

»Hast du auch gehört, dass Laurie in Verdacht geraten ist, weil Helen Burke mittags bei ihr Tee getrunken und einen Cupcake gegessen hat?«

Anne betrachtete den kleinen Kuchen in ihrer Hand und legte ihn zurück auf den Teller.

»Keine Angst!« Finola lachte. »Die Polizei hat sie schon überprüft, sie war's nicht.«

»Könnte ich mir auch nicht vorstellen«, sagte Anne, doch ihr Appetit auf den Cupcake war vergangen.

»Was für ein Mensch ist diese Zahnärztin eigentlich?«, fragte Finola ein wenig zu beiläufig.

»Na, mit ihrem Beruf hat sie natürlich nicht nur Freunde. Wer liebt schon Zahnärzte! Und überhaupt ist sie jemand, die man entweder mag oder nicht.«

»Anne!« Finola stöhnte. »Das hilft mir jetzt genau – rein gar nicht!«

»Das braucht dir auch gar nicht zu helfen, du sollst dich auf Letícia de Sousa Machado konzentrieren und dir keine Gedanken um eine fremde Frau machen.«

»Aber du hast gesagt, ich sollte mich bei einer Zahnarzt-Praxis registrieren lassen. Da muss ich doch wissen, ob diese Frau etwas kann und ob ich ihr vertrauen soll.«

Anne sah Finola tief in die Augen und hoffte, sie würde darin lesen können, ob diese die Wahrheit sagte. Finola erwiderte ihren Blick. Entweder war dies also wirklich ihr Motiv für die Frage oder sie konnte beachtlich gut schwindeln.

»Ich kann dazu nicht viel sagen«, antwortete Anne schließlich. »Es gab vor zwei, drei Jahren mal eine Patientin, die gegen sie geklagt hat, wegen einer Implantatsache und chronischen Schmerzen, glaube ich. Aber sonst hatte sie, soweit ich weiß, einen guten Ruf als Zahnärztin.«

»Und menschlich? Ihre Tochter war doch bei deinem Sohn in der Klasse, da hast du sie sicher etwas näher kennengelernt.«

»Ich mochte sie nicht besonders«, gab Anne zu. »Ein bisschen zu arrogant. Sie wusste zum Thema Kindererziehung immer alles besser. Dabei hatte sie nur dieses eine Kind.«

Und das war total verzogen gewesen, fügte sie in Gedanken hinzu.

»Und war sie …«

»Finola, lass es. Es ist nicht an uns, herauszufinden, was passiert ist – dafür ist die Polizei zuständig. Helen Burke hat die Vergiftung überlebt, und vielleicht steckt ja auch einfach ein Missgeschick dahinter. Du kümmerst dich bitte um deine Studentin und ich mich um meine Nanny. Abgemacht?«

Finola sah nicht besonders zufrieden aus, nickte jedoch.

»Wir müssen einfach sehen, dass wir professionell arbeiten und uns auf unsere eigenen Aufgaben konzentrieren.«

Anne griff nach der Computermaus und öffnete willkürlich irgendeine Datei. Hauptsache, sie konnte Finola vermitteln, dass sie jetzt zu tun hatte.

Finola stand auf. »Wir sehen uns später.«

Anne nickte und starrte auf ihren Bildschirm. Erst als Finola die Tür hinter sich geschlossen hatte, lehnte sie sich noch einmal zurück und atmete tief durch.

Wie kam sie dazu, ihrer Geschäftspartnerin vorzuschreiben, wie diese arbeiten sollte, wenn sie selbst sich nicht daran hielt?

Sie rieb sich die Stirn. Hoffentlich bekam sie keine Kopfschmerzen. Obwohl die Tropfen von Finolas Granny da gut halfen. Vielleicht sollte sie einmal nachfragen, ob es auch Tropfen gegen Grübeln und Abgelenktsein gab. Die konnten ihnen möglicherweise beiden zupasskommen.

Fast ein wenig trotzig griff Anne nach dem Cupcake und biss herzhaft in die tröstende Süße.

Kapitel 10

Ein zierliches Mädchen mit langen blonden Haaren kam auf Finola zu. Sie sah jünger aus als auf den Fotos bei Instagram, das mochte an ihren kleinen Schritten liegen oder auch daran, dass sie nicht geschminkt war.

»Tessa Langley?«

Die Studentin blieb stehen. »Ja?«

»Ich bin Gloria von *Students Today*, dem neuen Online-Magazin«, stellte sich Finola vor. »Ich schreibe eine Reportage über südamerikanische Studentinnen und Studenten und wie das Zusammenleben mit ihnen so ist. Ich habe gehört, du kannst mir da helfen? Du kennst eine Brasilianerin namens Tícia?«

Tessas Gesicht verdüsterte sich.

»Ich kann mir gut vorstellen, dass das manchmal auch Probleme mit sich bringt, weil …« Sie zögerte leicht, um Tessa die Möglichkeit zu einem Kommentar zu geben.

»Probleme kannst du laut sagen!«

Das hatte also schon mal geklappt. Finola bemühte sich um einen wissenden Gesichtsausdruck.

»Ja, das habe ich bereits ein paarmal gehört. Eine internationale Freundschaft scheint wohl doch nicht so einfach zu sein.«

»Ich könnte dir Sachen erzählen …«, ereiferte sich Tessa.

»Gibst du mir ein Interview?«

Tessa zögerte den Bruchteil einer Sekunde, dann nickte sie. »Ich bring schnell meine Sachen hoch, danach können wir was trinken gehen. Du zahlst.«

»Klar.« Finola lächelte.

Der Pub, in den Tessa sie nach längerer Wartezeit führte, lag gut zehn Minuten entfernt an der Ecke Grange Road und Causewayside und war überraschend leer für einen Freitag. Allerdings war es auch noch recht früh.

»Da drüben?«, fragte Tessa und deutete auf eine Nische mit Holzwänden, an denen Tartan-bezogene Rückenpolster angebracht waren.

Finola nickte. »Setz dich schon mal. Was willst du trinken?«

»Cider Berry, bitte.«

Finola ging an die Bar, um zwei Pints zu holen. Obwohl die Warterei sie genervt hatte, war sie nun doch froh, dass Tessa sich die Zeit genommen hatte, Make-up aufzulegen und nicht mehr wie fünfzehn aussah.

Als sie ihr schließlich gegenübersaß, zog sie einen kleinen Notizblock und einen Stift aus der Tasche. Dann schwieg sie einfach, und schon begann die junge Studentin zu reden. Sie erzählte, wie Tícia und sie sich gleich in der ersten Vorlesung kennengelernt hatten, dass sie ein paarmal zusammen zum Lernen in die Bibliothek gegangen und schnell Freundinnen geworden waren.

»Tissys Englisch war so süß«, erklärte sie und wirkte dabei ein wenig melancholisch. »Und es war so lustig, wenn man uns von hinten verwechselt hat, weil wir die gleichen Haare haben.«

Finola lächelte, kritzelte auf ihren Block und nickte,

um Tessa weiter am Reden zu halten. Doch die war verstummt und schien sich nur noch für ihren roten Cider zu interessieren, von dem sie ein paar Schlucke trank und den sie dann aufmerksam im Glas betrachtete.

»Aber das blieb nicht so?«, fragte Finola leise.

Tessa schüttelte den Kopf. »Ich hätte sie nicht mit Tyler bekanntmachen sollen. Obwohl das zuerst so witzig schien. Und wir hatten so viel Spaß, wenn wir drei zusammen feiern gegangen sind.«

»Tyler?«

»Mein Freund. Ex-Freund.« Tessa schnaubte. »An den hat Tissy sich rangemacht, und der Arsch ist auch noch drauf eingegangen!«

»Nein!« Finola tat überrascht. »Das macht man doch unter Freundinnen nicht!«

»Genau das hab ich auch gedacht.«

»Aber dieser Tyler scheint ja auch kein toller Freund zu sein, wenn er sich so einfach um den Finger wickeln lässt. Ist er Amerikaner? Der Name klingt so.«

»Engländer. Tyler Gardener.«

»Und studiert er auch mit euch, oder wohnt er in der Nähe? Ich hoffe, du musst ihn jetzt nicht dauernd sehen.« Finola legte noch einen Hauch mehr Mitgefühl in ihre Stimme.

Tessa schüttelte den Kopf. »Zum Glück nicht. Er wohnt in einer Seitenstraße vom Leith Walk, da hat er eine eigene Wohnung, also die gehört einem Onkel oder so. Und er studiert Biochemie. Das ist in den King's Buildings, südlich von hier.«

»Und diese Tissy?«

»Die weiß, warum sie mir nicht mehr über den Weg läuft.«

»Hm. Schade. Wäre sicher interessant zu sehen, was sie erzählt – was sie sich dabei gedacht hat, sich so unfreundschaftlich zu verhalten. Vielleicht ist es ja ein Problem der Mentalität?« Finola leistete im Stillen Abbitte bei allen Südamerikanerinnen. »Du weißt nicht zufällig, wo sie jetzt ist? Ihre Vermieterin hat sie seit Tagen nicht gesehen.«

Tessa schüttelte den Kopf und trank ihr Glas in einem Zug um ein Drittel leer.

»Kannst du mir vielleicht Tylers Adresse geben?«

»Nur, wenn du einen richtig bösen Artikel über ihn schreibst! Und über Tissy.«

»Natürlich«, log Finola. »Die haben es ja nicht anders verdient!«

Sie blätterte um und schob ihren Block und den Kuli zu Tessa, die gleich anfing, Zahlen zu notieren. Tylers Handynummer?

Wie konnte sie nun am einfachsten bald den Abflug machen? Der Zweck des Gesprächs war schließlich erfüllt: Mit Tyler Gardeners Adresse konnte sie weiterarbeiten. Sie hatte wenig Lust, den ganzen Abend mit Tessa zu verbringen und sich deren wütenden Klagen anzuhören. Sicher gab es auch bei dieser Geschichte zwei Seiten. Ja vielleicht hatten ja Tyler und Tissy sogar tatsächlich ihre große Liebe gefunden?

In diesem Moment klingelte ihr Handy. Gerettet!

»Tony!« Ihre Stimme klang begeisterter, als sie es beabsichtigt hatte.

»Seit wann nennst du mich Tony?«, fragte Antônio am anderen Ende.

»Oh, ja natürlich. Ich beeile mich!«, säuselte sie. »Ich bin nur gerade noch beruflich in Newington.«

»Bist du undercover?«

»Ja, ja, klar.«

Antônio lachte leise.

»Ich fahr gleich los!«, sagte sie und legte auf.

Tessa gab ihr den Block mit einer Handynummer und Tylers Adresse zurück.

»Du musst gehen?« Sie wirkte enttäuscht.

»Ja, tut mir schrecklich leid, war nett, mich mit dir zu unterhalten, aber mein Verlobter hat noch Karten gekriegt für …« Sie murmelte etwas Unverständliches, während sie ihre Jacke anzog und ihre Tasche nahm.

»Sagst du mir Bescheid, wenn der Artikel online ist?«, fragte Tessa. »Wie heißt noch mal das Magazin? Dann kann ich schon mal googeln.«

»*Students Today*. Es startet allerdings erst im nächsten Monat. Ich melde mich.«

Finola eilte hinaus auf die Straße. Geschafft. Wenn sie auch ein wenig gemein gewesen war. Aber immerhin hatte sie ihr noch fast volles Glas Cider Berry für Tessa stehen lassen.

Kapitel 11

»Ich wollte immer schon mal mit dir irgendwo parken.«
Antônio grinste und rangierte seinen Wagen geschickt in
eine ziemlich enge Lücke.

Finola warf einen Blick auf das gegenüberliegende
Haus, in dem laut Tessas Angaben Tyler Gardener
wohnte. Im dritten Stock brannte Licht.

»Bist du sicher, dass du nichts anderes vorhast?«,
fragte sie. »Es könnte eine Weile dauern.«

»Ich habe die ganze Nacht für dich frei …«

Antônios Stimme hatte plötzlich eine dunklere Klang-
farbe angenommen, und Finolas Körper reagierte unwillkürlich darauf. Sie biss sich auf die Lippen.

»Und ich finde es natürlich sehr spannend, dich bei
der Arbeit zu beobachten.« Er legte seinen Arm um ihre
Schultern und zog sie an sich.

War es doch ein Fehler gewesen, Antônio vor dem
Pub zurückzurufen und sich von ihm in Newington ab-
holen zu lassen? Er schien das vereinbarte Freunde-Blei-
ben ein bisschen anders auszulegen als sie und ihre Arbeit nicht so ernst zu nehmen. Andererseits war es
schön, sich so vertraut an ihn lehnen zu können. Und
natürlich würde sie bei der Observierung als Teil eines
Pärchens im Auto viel weniger auffallen.

»Was ist eigentlich, wenn Tícia nicht hier ist?«, erkundigte sich Antônio.

»Dann kommt sie sicher bald. Oder Tyler trifft sich mit ihr. Wo sollte sie sonst sein?«

»Diese Tessa könnte sie aus Rache getötet haben. So was passiert.«

Finola seufzte. »Du schaust zu viele Krimiserien.«

Antônio lachte leise. »Das liegt daran, dass meine Freundin Privatdetektivin ist und ich mich über ihr Berufsfeld informieren muss.«

Finola rückte ein Stückchen von ihm ab. »Ich bin nicht wirklich deine Freundin. Also nicht in dem Sinn …«

»Mhm«, machte er. »Das ist schade.« Seine Hand wanderte an ihrem Hals entlang zum Ohr, wo er mit ihrem Ohrhänger zu spielen begann. »Ich vermisse dich nämlich.«

»Erzähl mir lieber von deinem Job. Du machst jetzt Stadtführungen?«

»Im Augenblick gehe ich nur mit, beobachte und mache Notizen zu den verschiedenen Storys. Die muss ich dann entsprechend auswendig lernen. Ist sehr interessant, aber ich bin nicht sicher, ob sich das, was hier zum Beispiel bei den Ghost Tours abläuft, in irgendeiner Weise in Brasilien realisieren lässt. Dazu haben wir einfach nicht die passende Geschichte. Man müsste da vielleicht Episoden aus der Kolonialzeit zugrunde legen. Oder von einer der Revolutionen? Der Sklaverei? Ach, egal, es ist auf jeden Fall spannend, wie alles organisiert ist. Und vielleicht bleibe ich ja auch hier in Schottland.«

Mit einem Ruck richtete sich Finola auf und drehte sich zu ihm um. »Meinst du das ernst?«

Er zuckte mit den Schultern. »Möglich. Durch meine

englische Mutter habe ich ja auch die britische Staatsbürgerschaft, das macht alles sehr einfach.«

War sie der Grund für seine neuen Pläne? In ihrer Magengrube breitete sich ein unangenehmes Gefühl aus. Eine feste Beziehung war das Letzte, was sie wollte, jetzt, wo sie sich gerade von ihrem alten Leben gelöst hatte.

»Ich ruf mal Tyler an und tu so, als wäre ich eine Freundin von Tícia.« Sie griff nach ihrem Diensthandy.

Antônio nickte und zog seinen Arm zurück. Er schien das mit dem Arbeiten also doch verstanden zu haben.

Tyler antwortete nach dem dritten Klingeln.

»Hello, hello«, säuselte er. »Ich kann deine Nummer zwar nicht sehen, weil du sie dummerweise unterdrückt hast, aber ich hoffe, du bist ein hübsches Mädchen.«

Finola verdrehte die Augen.

»Hi. Hier ist Rose, und ja, ich glaube, ich sehe nicht ganz schlecht aus«, hauchte sie mit südenglischem Akzent in deutlich höherer Stimmlage als normal.

Antônio sah sie so verblüfft an, dass sie ihm den Rücken zuwandte, um nicht lachen zu müssen.

»Bist du allein?«, fragte sie Tyler.

»Im Moment nicht. Willst du vorbeikommen? Brauchst du was?«

»Tícia noch bei dir?«

»Ja … Was willst du?«

Tylers Stimme klang nun misstrauisch, aber das störte Finola nicht. Sie hatte recht gehabt – sie hatte Tícia gefunden!

»Soll ihr Geld von Carol geben«, behauptete sie.

Bei Tyler im Hintergrund flüsterte jemand. Tícia?

»Sie geht nicht ans Handy, da dachte ich, ich versuch's bei dir«, säuselte Finola weiter.

»Klar. Bring das Geld vorbei, Rosie-Maus. Tícia ist

hier. Wenn du rechtzeitig kommst, können wir alle zusammen feiern gehen. Adresse hast du?«

»Hab ich. Bis gleich.« Finola beendete das Gespräch und atmete tief durch.

»Rosie-Maus?«, fragte Antônio. »Und ich wusste gar nicht, dass du auch richtiges Englisch sprichst!«

»Richtiges Englisch?« Finola schüttelte den Kopf. »Du Banause! Und ich hätte wohl besser mit Ohrhörern telefoniert. Hast du etwa alles mitgehört?«

»Ja, Rosie-Maus. Wenn diese Rose meine Freundin wäre, müsste sich Tyler auf was gefasst machen. So eine primitive Anmache!« Er schüttelte den Kopf. »Und was tust du jetzt? Hast du ernsthaft vor, bei ihm zu klingeln?«

»Nein, ich seh schließlich nicht so aus, wie er sich Rose vorstellt. Wir bleiben einfach hier sitzen und warten, bis er mit Tícia feiern geht. Wir kennen ja jetzt die Pläne für heute Abend, und wenn ich sie sehe, weiß ich schon mal ganz sicher, wo sie abgeblieben ist. Und dass sie tatsächlich noch lebt.«

»Ha.« Antônio triumphierte. »Du hast also doch gedacht, dass hier ein Verbrechen geschehen sein könnte!«

»In meinem Beruf muss man für alle Ideen offen sein.«

Er lachte. »Komm her. Nur weil du arbeitest, musst du nicht unbequem sitzen.« Er zog sie erneut an sich. »Wer weiß, wie lange wir hier warten müssen, bis sich was tut.«

Kapitel 12

Das Klingeln ihres Diensthandys riss Finola aus dem Schlaf. Mist! Warum nur hatte sie heute Nacht vergessen, es wieder lautlos zu stellen? Und wer um alles in der Welt rief sie morgens so früh an?

»Ja?« Ihre Stimme klang belegt. Sie räusperte sich.

»Oh, entschuldige. Hab ich dich geweckt? Es ist doch schon acht.«

Laurie.

»Hab die halbe Nacht jemanden observiert.«

Ihre Stimme klang nicht nur belegt, sondern heiser. Im Club, in den sie Tyler und Tícia gefolgt waren, war es laut gewesen. Aber alles in allem hatte sie eine erfolgreiche Nacht hinter sich. Sie hatte Tícia gefunden, Antônio hatte ihr bei der Tarnung wunderbar geholfen, und Spaß hatten sie tatsächlich auch gehabt. Zum Schluss hatte er sie nach Hause gefahren.

»Beim nächsten Mal treffen wir uns, wenn du nicht arbeitest, ja?«, hatte er gemurmelt. Sein Gute-Nacht-Kuss war zärtlich gewesen und glücklicherweise mit keinen weiteren Forderungen verbunden.

»… was meinst du?« Lauries Stimme drang an ihr Ohr.

»Sorry, ich hab nicht richtig zugehört. Bin noch nicht

wach«, gestand Finola. »Wieso rufst du überhaupt meine Dienstnummer an?«

»Weil du an dein privates Handy nicht rangehst!«

Zumindest das hatte sie also erfolgreich auf lautlos gestellt.

»Was gibt es so Dringendes?«

Unwillkürlich glitten Finolas Gedanken zu Antônio zurück. Der Abend war wirklich schön gewesen. Vielleicht war es doch nicht so unpassend, ihre Beziehung wieder aufleben zu lassen?

»Kannst du zu mir ins Café kommen?«

Finola kniff die Augen zu. »Muss das sein? Kannst du mir nicht am Telefon sagen, was du willst?«

»Es ist ein bisschen kompliziert, und ich will sichergehen, dass du wach bist. Es ist wirklich wichtig.«

Finola stöhnte.

»In einer halben Stunde?«, fragte Laurie.

»Dreiviertel«, murmelte Finola und legte auf. Sie schwang ihre Beine aus dem Bett und setzte sich auf, um nicht versehentlich wieder einzuschlafen.

Eine Dreiviertelstunde. Das war genug, um zu duschen und sich fertigzumachen. Das Frühstück sollte Laurie ihr spendieren, wenn sie sie schon mitten in der Nacht aus dem Bett riss.

Kapitel 13

Laurie saß am gedeckten Tisch und sah alle zwei Minuten auf die Uhr. Dazwischen fixierte sie die noch abgeschlossene Eingangstür zu ihrem Café und überlegte, ob es sich überhaupt lohnen würde, heute zu öffnen. Der Samstag war zwar sonst immer ihr bester Tag, aber wenn die Morningsider Nachbarn, die ja den größten Teil ihrer Kundschaft ausmachten, sie weiter boykottierten …

Dreiundvierzig Minuten waren vergangen, seit sie mit Finola gesprochen hatte. Laurie erhob sich und ging zur Tür, um einen Blick hinauszuwerfen. Tatsächlich, da kam Finola flotten Schrittes anmarschiert. Laurie hielt ihr die Tür auf und schloss sie anschließend ab.

»Wie machst du das, dass du immer so pünktlich bist?«, fragte sie.

»Ich kenne mich und weiß, wie lange was dauert. Ah, Frühstück!«

»Es ist ein kontinentales, weil ich hier im Café nichts braten kann«, erklärte Laurie entschuldigend.

Finolas Blicke wanderten über den gedeckten Tisch mit der großen blauen Teekanne. »Wunderbar. Sind das französische Croissants von dem kleinen Bäcker dort drüben?«

»Ja. Was möchtest du dazu trinken? Mittags magst

du ja gerne Latte macchiato, aber morgens weiß ich das gar nicht, ich trink ja immer Tee. Natürlich kann ich dir schnell einen Kaffee machen …«

»Tee ist gut«, unterbrach Finola sie. »Gieß ein, und setz dich endlich. Wenn ich ein paar Bissen in mir habe, darfst du mir erzählen, warum ich eigentlich hier bin.«

Laurie nickte und goss ihnen beiden ein. Sie wartete, bis Finola sich ein wenig Milch in den Tee geschüttet hatte und tat es ihr nach. Dann fasste sie sich in Geduld.

»Okay«, sagte Finola schließlich, nachdem sie ein Croissant mit Butter und Erdbeermarmelade verspeist und ihre Tasse geleert hatte. »Der erste Gang war schon mal lecker – du kannst jetzt loslegen.«

Laurie räusperte sich. »Es geht um Helen Burke.«

»Was ist mit ihr?«

»Sie ist wieder zu Hause. Wir haben gestern Abend telefoniert.«

Finola warf ihr einen fragenden Blick zu und griff nach der Orangenmarmelade.

»Ich habe sie angerufen und mich nach ihrem Gesundheitszustand erkundigt. Und sie gefragt, ob sie wirklich glaubt, dass in meinem Café … also, ich war's nicht, und ich kann mir einfach nicht vorstellen, dass einer meiner Gäste …«

»Verstehe«, murmelte Finola mit vollem Mund.

»Sie war sehr nett und hat gesagt, dass sie auch nicht glaubt, dass das irgendwas mit mir zu tun hat«, berichtete Laurie weiter. »Die Ärzte waren sich nicht wirklich sicher, wann sie das Gift zu sich genommen hat. Sie konnte mir noch nicht einmal sagen, was es für ein Gift gewesen ist, weil das wohl mit den Analysen nicht so schnell geht. Oder man ihr keine Details gibt.«

»Dann müsstest du nachher wieder Kundschaft haben!«

»Meinst du?«

»Sollte sich doch rumsprechen. Sonst bedienen wir eben die Gerüchteküche umgekehrt. So in die Richtung, wie dir gestern unrecht getan wurde. Und dass man dich jetzt unterstützen muss. Ich könnte Mrs B anrufen, die kennt hier fast jeden. Müsste funktionieren, wenn sie ein paar Bemerkungen fallen lässt.«

Finola griff nach dem nächsten Croissant und begann, es mit Butter und Marmelade zu bestreichen.

»Würdest du das machen?«

»Klar. Wenn's weiter nichts ist.«

»Äh, ja, also, da wäre noch was.«

Finola hielt inne.

Laurie schluckte. Es fiel ihr wirklich nicht leicht, Finola um Hilfe zu bitten, aber wer nicht wagte, konnte nicht gewinnen.

»Helen hat erwähnt, dass sie nach der Nacht im Krankenhausbett wieder starke Rückenschmerzen hat. Und dass sie unglücklicherweise bis Montag warten muss, um Hilfe von ihrer Physiotherapeutin zu kriegen.«

Finola sah von ihrem Teller auf und runzelte die Stirn. »Willst du etwa vorschlagen …?«

»Könntest nicht du sie behandeln?«, fragte Laurie schnell, »und sie dabei ein wenig aushorchen? Vielleicht hat sie ja einen Verdacht, wer ihr schaden will? Auch wenn es keine tödliche Dosis war, muss ja jemand einen ziemlichen Hass schieben, um so etwas zu tun.«

»Wie stellst du dir das vor? Ich ruf sie an und sage: ›Ich habe gehört, Sie haben Rückenschmerzen, ich möchte sie gerne behandeln, weil ich ohnehin noch ein paar Fragen habe und überhaupt auch mal sehen will, was für ein Mensch Sie sind? Damit ich herausfinden kann, wer sie vergiften wollte, und damit meine Freundin wieder Gäste im Café hat?‹«

Immerhin hatte Finola nicht gleich Nein gesagt. Laurie schöpfte Hoffnung.

»Nein, das ist wirklich ganz einfach. Ich habe ihr nämlich schon erzählt, dass eine Freundin von mir Physiotherapeutin ist. Sie ist gerade erst nach Edinburgh gezogen und hat noch keinen Job gefunden. Ist doch fast gar nicht gelogen.«

»Hm.«

»Und dann hab ich Helen angeboten, diese Freundin zu fragen, ob sie am Wochenende zur Behandlung kommen würde.«

»Kann ich noch etwas Tee haben?«

Das war keine Ablehnung, oder?

Hastig griff Laurie nach der Teekanne und goss Finolas Tasse voll. Sie schob das Milchkännchen zu ihr hinüber und wartete.

»Also, ich bin nicht sicher, ob das nötig ist«, sagte Finola schließlich. »Die Polizei wird ja bestimmt ermitteln.«

Laurie atmete tief ein und aus. »Aber der Polizei ist es egal, was aus meinem Café wird. Und solange nichts geklärt ist und niemand verhaftet ist, meiden die Leute meine Cupcakes. Wir müssen doch irgendwas tun!« Sie versuchte, die Tränen zurückzuhalten.

Finola stand auf und kam um den Tisch herum. Sie legte die Arme um Laurie. »Na, komm. Das kriegen wir schon hin.«

Laurie nickte unter Tränen.

»Jetzt beruhig dich erst mal. Trink deinen Tee, und dann ruf diese Helen an. Ich kann ihr mit den Rückenschmerzen helfen, das ist eine gute Tat. Und ganz ohne Honorar muss ich das ja nicht machen.«

»Natürlich nicht. Es soll professionell aussehen.«

»Meine liebe Laurie. Wenn ich was mache, dann immer professionell!«, behauptete Finola und klimperte mit den Augenlidern.

Laurie lachte. Sie war so erleichtert, dass sie am liebsten einen Jig getanzt hätte. Das brachte sie überhaupt auf eine Idee!

»Ich weiß, wie ich mich erkenntlich zeigen kann«, sagte sie. »Magst du Scottish Country Dancing? Wir haben morgen einen Clubabend, da kann ich dich als Gast mitnehmen. Sind alles sehr nette Leute.«

»Klingt nicht schlecht. Und ja – mit einem *Dashing White Sergeant* kannst du mich immer locken.«

Kapitel 14

»Ah, Finola, du bist schon auf. Guten Morgen.«

Anne stand mit ihrer Teekanne in der Hand vor der Bürotür, als Finola die Haustür öffnete. Sie lächelte zufrieden.

»Ich habe Senhor Machado nach deiner Nachricht gestern Abend sofort Bescheid gegeben, dass wir seine Tochter gefunden haben und es ihr gut geht.«

»Fein. Dann wäre das ja abgehakt.«

»Nicht ganz. Kommst du kurz mit?«

Finola folgte Anne ins Büro.

»Tee?«

Finola schüttelte den Kopf. »Ich war gerade bei Laurie zum Frühstücken.«

»Oh, gibt's da was Neues? Ich meine, mit Helen Burke?«

»Diese Vergiftung war wohl nicht lebensbedrohlich – sie ist zu Hause, und Laurie hat sogar heute Morgen mit ihr telefoniert. Die Frage ist nur, kommen die Kunden wieder ins Café?«

»Ach, das wird schon.«

Besonders interessiert klang das nicht. Finola wollte gerade ansetzen, um von Lauries Idee zu erzählen, als Anne weitersprach.

»Natürlich sind die Machados sehr froh, dass ihre

Tochter heil und gesund ist. Allerdings sehen sie es gar nicht gerne, dass sie einen Freund hat, bei dem sie mehr oder weniger zu wohnen scheint, und dass sie möglicherweise ihr Studium vernachlässigt.«

»Hm, ja, in der Uni ist sie in der letzten Zeit nicht wirklich oft gewesen, wenn man Carols Aussage glaubt – das Mädchen in ihrer Wohnung«, fügte Finola erklärend hinzu.

»Wir werden also diesen jungen Mann überprüfen, dafür kommt Lachie am Nachmittag her. Und du wirst Tícia observieren.«

»Okay. Ich fange gleich am Montagmorgen an.«

Anne schüttelte den Kopf. »Heute. Senhor Machado zahlt einen Wochenendzuschlag, er will nämlich auch wissen, wie und mit wem seine Tochter ihre Freizeit verbringt.«

Finola biss sich auf die Lippen. Das passte nun irgendwie gar nicht.

»Hast du andere Pläne?« Anne musterte sie.

»Eigentlich schon«, gab Finola zu.

»Dann kannst du hoffentlich umplanen. Ich nehme dir gern ein paar Stunden Observierung ab, aber erst später. Ich muss gleich noch nach North Berwick wegen der Nanny.«

»Tja, dann ist das wohl so. Wenn er gut zahlt ...«

»Sehr gut. Und Senhor Machado hat viele Geschäftsbeziehungen hier in Schottland. Ich möchte, dass wir ihn wirklich zufriedenstellen.«

Finola nickte. »Okay, ich krieg das hin. Wahrscheinlich schlafen Tícia und Tyler ohnehin noch eine Weile. Die waren letzte Nacht ja lange unterwegs und haben nicht gerade wenig getrunken.«

»Darüber kriege ich bitte später einen Bericht.

Sprachdatei reicht. Kannst du um zwölf bei diesem Tyler Gardener vor Ort sein?«

»Reicht nicht um eins? Ich glaube wirklich nicht, dass die heute vorher aus dem Haus gehen.«

»Ich habe die Observierung ab zwölf Uhr zugesagt …« Anne zögerte.

Finola gab nach: »Gut, dann eben ab zwölf.«

Mist. Um zwölf wartete auch Helen Burke auf sie. Sie musste sich schnellstens etwas überlegen.

Kapitel 15

»Ich bin ja so froh, dass Sie heute gleich kommen konnten, Sally.«

Finola tastete die Verhärtungen in der Schulter- und Rückenmuskulatur ab und begann dann zu massieren.

Helen Burke stöhnte.

»Ja, ich kann hier fühlen, dass Sie Schmerzen haben. Jetzt massiere ich erst ein bisschen, um alles zu lockern, und dann machen wir noch ein paar Übungen, die Ihnen auch in den nächsten Tagen helfen können.«

»Das klingt gut.« Mit einem tiefen Seufzer überließ sich Helen ihren Händen.

Einige Sekunden lang herrschte Schweigen, dann fragte sie: »Sie sind also neu in Edinburgh? Aus Glasgow, habe ich gehört?«

»Genau.« Finola ließ ihren Akzent noch ein wenig stärker werden. »Seit zwei Wochen. Der Liebe wegen«, behauptete sie. »Ich hatte einfach keine Lust mehr auf eine Wochenendbeziehung. Vor allem, wenn immer nur ich diejenige sein soll, die hin- und herfährt.«

»Ja, es läuft eben meistens so, wie es für die Männer am günstigsten ist. Passen Sie auf, sonst geht's Ihnen letztlich wie mir. Dann opfern Sie Jahr für Jahr alles Mögliche, und letztlich geht die Beziehung doch schief. Ich kenne das, ich bin geschieden.«

Sie hielt kurz die Luft an.

»Hier tut es wahrscheinlich besonders weh, oder?«

»Mhm.« Helen atmete hörbar aus. »Genau da!«

»Nun, ich werde sehen«, plauderte Finola. »Ich denke, den nächsten Schritt muss natürlich er tun. Bisher läuft es aber ganz gut. Und am Montag hab ich schon ein Vorstellungsgespräch.«

»Hier bei *Physio & Pilates?*«, erkundigte sich Helen.

»Nein, in Leith. Ist ganz praktisch – da wohnen wir nämlich.«

Finola widmete sich der linken Schulter. Helen stöhnte wieder.

»Haben Sie sich durch die Vergiftung so verkrampft?« Finola versuchte, die Frage ganz beiläufig klingen zu lassen.

»Sie wissen davon?«

»Laurie hat's mir erzählt. Sie ist ziemlich durch den Wind, weil die Polizei bei ihr alles durchsucht hat. Und dann niemand mehr in ihr Café kam.«

»Das tut mir leid. Es ist so nett dort, ruhig. Ich gehe gerne in der Mittagspause hin, trinke Tee und lese ein wenig.«

Finola massierte schweigend weiter. Sie war froh, dass Helen sie aus *Laurie's Café* nicht wiedererkannt hatte. Allerdings hatte sie sich heute auch entsprechend aufgemacht – völlig schwarz gekleidet und mit viel Kajal um die Augen. Für später steckten zudem noch ein Tuch für die Haare, ein Nietenhalsband und punkiger Silberschmuck in ihrem Rucksack. Auch Tícia und Tyler sollten schließlich die Frau aus dem Club von der Nacht zuvor nicht wiedererkennen.

»Legen Sie den Kopf nun bitte auf die andere Seite.«

»Wissen Sie, Sally, es wird viel zu viel Aufhebens um diese angebliche Vergiftung gemacht. So dramatisch war es ja nun auch wieder nicht«, murmelte Helen und folgte Finolas Aufforderung. »Die Analysen werden wahrscheinlich irgendein verdorbenes Lebensmittel zeigen – also nicht, dass ich Laurie und ihre Cupcakes verdächtige. Aber ich habe nachmittags noch ein Stück Pizza mit Meeresfrüchten gegessen, und da weiß man ja nie … Oh, ja, genau da sitzt der Schmerz.«

»Meeresfrüchte sind nicht ohne«, stimmte Finola zu. »Wo kam denn die Pizza her?«

»Die stand bei uns in der Praxis auf dem Tisch in der Küche. Da lassen wir immer stehen, was wir nicht schaffen aufzuessen oder was wir den anderen spendieren wollen. Ich nehme an, sie war von Lindsey. Die macht gerne Pizza. Haben Sie sich eigentlich schon in einer Zahnarztpraxis registriert?«

»Bisher nicht.« Finola fand eine besonders harte Stelle neben dem Schulterblatt und nahm sich ihrer an. »Ich war kürzlich noch in Glasgow beim Zahnarzt, ist daher nicht so dringend.«

»Also, wir sind eine der ganz modernen Praxen«, fuhr Helen fort. »Neben Dr. Somplatzky und mir gibt es noch Dr. McKay, der sich vor allem um die kosmetischen Behandlungen kümmert. Der kann Ihnen nicht nur die Zähne für ein schönes Lächeln herrichten, sondern auch die Lippen ganz wunderbar passend gestalten.«

Das klang trotz der lobenden Worte eher abfällig. Ob es in der Praxis Zwiste und Spannungen gab? Wahrscheinlich. Wo gab es die nicht?

»Kommen Sie doch mal vorbei und schauen sich die *Burke Dental Clinic* an«, schlug Helen vor.

Das würde Finola ohnehin tun, aber das musste Helen nicht wissen.

»Mal sehen, der Weg ist mir ein bisschen weit von

Leith aus. Obwohl ich natürlich Laurie öfter mal besuchen werde. So, und nun setzen Sie sich bitte auf.«

»Oh, das fühlt sich alles schon viel besser an«, sagte Helen und bewegte vorsichtig ihre Schultern. »Ich werde mir jetzt erst mal ein ganz ruhiges Wochenende machen. Meinen Sie, Sie könnten am Montag noch mal kommen? Vormittags? Gegen elf? Ich gehe erst nachmittags in die Praxis. Oder kollidiert das irgendwie mit Ihrem Bewerbungsgespräch?«

»Nein, das ist okay. Ich komme gerne. So, und jetzt machen Sie bitte mal so …«

Leider schwieg Helen während der Übungen. Aber am Montag würde Finola sie ja wiedersehen, und bis dahin konnte sie sich eine Strategie ausdenken, wie sie mehr über Helens Umfeld herausfand, das doch ganz interessant zu sein schien. Was war mit den Kollegen, den Angestellten in der Praxis? Was mit dem Ex-Mann? Mit der Tochter?

Vielleicht konnte Lachie ihr einen Gefallen tun und in seinen Internetquellen nachforschen. Nur für den Fall, dass es doch nicht die Meeresfrüchte auf der Pizza gewesen waren.

»So, das war's für heute«, erklärte Finola.

Helen zog den *BH* und ihre Bluse wieder an und nahm ein Portemonnaie aus der Schublade. Sie zählte das Honorar ab und reichte es Finola.

»Wir sehen uns am Montag, Sally?«

»Elf Uhr.« Finola nickte und steckte das Geld in ihre Hosentasche.

Helen kreiste erneut mit den Schultern.

»Also, ihre Hände können wirklich zaubern«, sagte sie. Dann runzelte sie die Stirn.

»Aber lassen Sie mich Ihnen noch einen guten Rat ge-

ben: Vielleicht sollten Sie sich für das Bewerbungsgespräch doch ein wenig anders kleiden.«

Kapitel 16

Der Bus der Linie sechzehn Richtung Silverknowes war voll besetzt. Finola machte sich nicht die Mühe, nach oben zu gehen, um einen Platz zu suchen, sondern blieb unten neben einer alten Dame stehen, die sie in ihrem Goth-Outfit interessiert musterte und dann anlächelte. Finola lächelte zurück.

An der Haltestelle Princes Street erhob sich die alte Dame und wies auf ihren Sitzplatz.

»So, nun können Sie sich setzen, junge Frau.«

Finola bedankte sich, wünschte ihr noch einen schönen Tag und nahm Platz. Sie sah auf die Uhr. Gegen zehn nach eins würde sie wohl vor Ort sein, zum Glück hatte sie nicht lange auf den Bus warten müssen. Und Tyler und Tícia schienen auch noch nicht ausgeschlafen zu haben, sonst hätte Antônio sie benachrichtigt.

»Guten Morgen, Rosie-Maus«, begrüßte er sie, als sie die Beifahrertür zu seinem Wagen öffnete und einstieg.

»Haha!«

»Oh, ich sehe, du siehst heute nicht aus wie eine Rosie-Maus. Eher wie eine Rosie-Ratte!«, witzelte Antônio und zog sie an sich, um sie mit Küsschen links, Küsschen rechts zu begrüßen.

»Wäre nicht so gut, wenn die beiden mich sofort wiedererkennen, sobald sie mich sehen«, erklärte Finola. »Hat sich schon irgendwas getan?«

»Vor etwa zehn Minuten hat da oben jemand ein Fenster aufgemacht. Sonst nichts.«

Finola reckte sich, um einen Blick auf besagtes Fenster zu werfen. »Könnte Tylers Wohnung sein.«

»Nehme ich an, dritte Klingel, dritter Stock.«

»Du bist ja gar nicht schlecht als Detektiv!« Finola nickte anerkennend. »Danke, dass du so kurzfristig eingesprungen bist. Ich lade dich dafür nächste Woche mal in *Laurie's Café* ein. Da gibt es schöne knallbunte Cupcakes – die dürften dir gefallen!«

»Bei deinem Termin ist alles gut gelaufen?«

»Erwartungsgemäß.« Sie würde sich von Antônio nicht aushorchen lassen.

Eine Weile saßen sie schweigend nebeneinander.

»Ich habe nachgedacht«, sagte Antônio schließlich. »Und ich …«

In diesem Moment öffnete sich die Haustür gegenüber, und Tícia trat heraus. Sie sah übernächtigt aus und verzog das Gesicht, als wäre ihr übel. Mit schweren Schritten bewegte sie sich Richtung Leith Walk.

»Jetzt beginnt mein Job. Danke noch mal.« Finola beugte sich zu Antônio und küsste ihn auf die Wange. Dann drehte sie sich um und stieg aus.

Tícia war noch nicht weit gekommen, sie war stehen geblieben und stützte sich mit einer Hand an der Wand ab. Das musste ein heftiger Kater sein!

Finola folgte ihr auf der anderen Straßenseite, als sie schließlich weitertrottete.

Tícia sah sich nicht um. Sie bog um die Ecke und überquerte dann schräg die verkehrsreiche Straße, ohne nach rechts und links zu gucken.

Finola hielt den Atem an. Aber Tícia hatte Glück und

erreichte heil die gegenüberliegende Straßenseite. Dort betrat sie einen kleinen Supermarkt.

Zwanzig Minuten später – Finola hatte sich eben entschlossen, Tícia in den Laden zu folgen – kam sie wieder heraus. Sie trug ihre Einkäufe in einer Plastiktasche von *Jenners*, dem historischen Kaufhaus in der Princes Street und wirkte ein kleines bisschen wacher als vorhin. Zumindest war sie achtsamer, was den Verkehr betraf, und sie schaffte es, ohne stehenzubleiben, wieder an Tylers Haus anzukommen.

Sie klingelte. Entweder hatte sie den Schlüssel vergessen, oder Tyler hatte ihr keinen gegeben.

Als Finola die Straße überquerte, um sich mit ein wenig Abstand zu postieren, fiel ihr auf, dass Antônios Auto immer noch an Ort und Stelle parkte. Allerdings ohne Antônio. Wahrscheinlich nutzte er die Gelegenheit, um selbst etwas in der Gegend zu erledigen.

Ein paar Yards weiter stand ein dicker Ahornbaum, darunter ein voller Müllcontainer, aus dem ein Pappkarton ein Stück herausragte. Was aber viel interessanter war – neben dem Baum gab es auf dem Gehweg zwei dieser grauen Verteilerkästen für Strom oder Telefon. Einer davon war oben flach. Wenn sie sich daraufsetzte, konnte sie Tylers Haustür bequem im Blick behalten.

Der Kasten war erfreulicherweise relativ sauber, und den Müllcontainer konnte sie ein wenig verschieben, sodass sie hinter dem Pappkarton ziemlich gut verborgen blieb, ohne dass ihr Blick eingeschränkt wurde. Das war viel besser, als ewig irgendwo rumzustehen.

Sie schwang sich auf den Kasten und holte einen Skizzenblock und einen Bleistift aus ihrem Rucksack. So würde es aussehen, als sei sie damit beschäftigt, etwas zu zeichnen oder aufzuschreiben. Das würde hoffentlich verhindern, dass jemand dachte, sie würde hier herumlungern. Und sie konnte sich so ein wenig die Zeit vertreiben.

Den Kopf gesenkt, den Blick aber zwischen den künstlichen schwarzen Ponyfransen unter ihrem Tuch immer wieder auf die Haustür gerichtet, begann sie, Strichmenschen mit lächelnden Gesichtern zu zeichnen. Sie gab ihnen Hängekleidchen oder Hosen und variierte die Arm- und die Beinhaltung. Bald tanzten die kleinen Wesen über das ganze Blatt.

Auf einmal fasste sie jemand von hinten an den Hüften. Finola zuckte zusammen, ließ den Bleistift fallen, fuhr herum und holte aus, um zuzuschlagen.

»Oi, ich bin's nur!« Antônio duckte sich gerade noch rechtzeitig, um ihrer Faust zu entgehen.

»Was zum Teufel machst du hier, und wie kannst du mich so erschrecken?«

»Tut mir leid, erschrecken wollte ich dich nicht. Nur überraschen. Aber das ist dann wohl missglückt.«

Sein betretenes Gesicht stimmte Finola ein bisschen milder.

»Und warum bist du überhaupt noch hier?«

»Ich bin dir gefolgt, also Tícia und dir. Zu dem Laden. Ich wollte sehen, wie du arbeitest. Und als ihr zurückgekommen seid und ich gemerkt habe, dass du hier einen Beobachtungsposten einrichtest, bin ich außenrum gegangen, um dich zu überraschen«, erklärte Antônio. »Ich dachte, du langweilst dich vielleicht, während du wartest, und wollte dir Gesellschaft leisten.«

Finola schnaubte. »Mist!«

»Ich hab's echt nicht böse gemeint, aber wenn du jetzt sauer bist …«

»Bin ich nicht.« Finola schüttelte den Kopf. »Also, nicht auf dich. Nur auf mich. Ich hätte merken müssen, dass du mich verfolgst! Das war verdammt unprofessionell von mir.«

Sie drehte sich wieder um. »Hoffentlich ist jetzt niemand aus dem Haus gekommen, während ich abgelenkt war. Durch dich.«

Den letzten Vorwurf konnte sie sich nicht verkneifen.

»Eine alte Frau mit einem kleinen Hund ist Richtung Leith Walk gegangen, aber Tyler und Tícia sind noch nicht wieder aufgetaucht, keine Sorge.« Antônio legte seine Hand auf Finolas Schulter. »Ich hatte alles im Blick.«

Finola stöhnte. »Das ist ja noch schöner! Ich bin die Detektivin, und du …«

»Willst du hierbleiben, oder setzen wir uns in meinen Wagen, wo es windstill ist? Ich finde es heute ziemlich frisch.«

Auf diese Frage konnte es nur eine Antwort geben – natürlich war es im Auto viel bequemer! Und wenn Antônio sie schon so erschreckt hatte, konnte er auch ruhig noch ein wenig mehr von seiner Zeit opfern und ihr Obdach gewähren.

Kapitel 17

Tícia und Tyler blieben weiter zu Hause. Nach zwei Stunden vergeblicher Observierung vom Auto aus war Finola Antônio für seine Anwesenheit äußerst dankbar. Sie hätte unmöglich all die Zeit auf dem Verteilerkasten sitzenbleiben können, vor allem, als es zwischendurch anfing, ein wenig zu regnen.

Sie hatte das Observieren in diesem Fall tatsächlich unterschätzt. Vor ein paar Wochen, als sie Craig Erskine beschattet hatte, war alles viel einfacher gewesen, dem war sie nur gezielt in der Mittagspause und an manchen Abenden gefolgt.

Zum Glück saß sie immerhin gemütlich neben Antônio im Trockenen, er hatte sogar eine Picknickdecke aus dem Kofferraum geholt und fürsorglich über ihre Beine gebreitet. Sie unterhielten sich über dies und das, bis irgendwann das Gespräch verstummte.

Einige Zeit lang las Antônio in einem Buch, dessen portugiesischer Titel Finola nichts sagte, und sie hing ihren eigenen Gedanken nach. Gedanken, die um die Detektei kreisten, um Anne und deren verschwundenes Geld, um die immer noch schwierige finanzielle Situation und darum, wie sie neue Aufträge bekommen konnten.

Andererseits, so wie sich der Fall Tícia de Sousa

Machado entwickelte, war es im Moment schlecht möglich, einen zweiten, ähnlich zeitintensiven Fall anzunehmen.

»Nicht erschrecken«, sagte Antônio leise. »Magst du einen Kaffee? Ich hab vorhin eine Bäckerei gesehen, da gibt es welchen zum Mitnehmen.«

»Das wäre wunderbar!« Sie wandte sich ihm zu.

Antônio streichelte über ihre Wange und küsste sie sanft. »Alles für mein Mädchen.«

»Ich bin eine Frau und kein Mädchen und schon gar nicht deins«, stellte Finola klar und drehte sich wieder um.

Antônio lachte. »Wie du meinst. Ich spendiere dir den Kaffee aber trotzdem.«

Sie hörte, wie die Autotür geöffnet und geschlossen wurde, und seufzte. Hoffentlich verstand Antônio ihre neu aufgekeimte Freundschaft nicht falsch. Eine gemeinsame Zukunft sah sie nicht. Dafür hätte sie sich ernsthaft verlieben müssen. Außerdem würde er früher oder später nach Brasilien zurückkehren, das war ihr völlig klar. Andererseits – das hier, was es auch war, musste ja nicht für ewig sein …

Sie stellte sich den Rückspiegel so ein, dass sie sehen konnte, wann er zurückkam. Noch einmal würde er sie nicht erschrecken.

Antônio brachte nicht nur Kaffee, sondern auch zwei pinkfarben glasierte Doughnuts mit, die Finola freudig entgegennahm.

»Nichts?«, fragte er.

Finola schüttelte den Kopf.

»Also, dieser Teil deines Jobs ist wirklich langweilig!«

»Mhm.«

»Machst du eigentlich beim Küssen immer noch die

Augen zu?«, fragte Antônio. »Und ist dein schwarzer Lippenstift kussecht?«

»Wie bitte?«

»Ich überlege gerade, ob wir nicht die Plätze tauschen, dann könnten wir uns küssen, während du die Haustür im Blick behältst, vorausgesetzt, du lässt die Augen offen. Oder du vertraust mir, dass ich sehe, wer kommt und geht. Ich möchte dich jetzt nämlich wirklich gerne küssen.«

»Ich habe noch nicht einmal meinen Doughnut gegessen, und du …«

»Okay, okay, iss erst auf!«

Konnte sie da etwas anderes tun als lächeln?

Bevor sie den letzten Bissen genommen hatte und eine passende Antwort finden musste, summte ihr Handy. Anne.

»Wie sieht es aus? Ich komme gerade nach Edinburgh zurück. Soll ich dich ablösen?«

»Eine Ablösung wäre toll. Tícia war vor Stunden einmal kurz einkaufen, seitdem hat weder sie noch Tyler das Haus verlassen. Der Nachmittag ist ganz schön zäh.«

»Okay. Bin in zehn bis fünfzehn Minuten da. Muss dann nur einen Parkplatz finden. See you.«

Anne beendete das Gespräch, bevor Finola etwas darauf erwidern konnte.

»Ablösung? Gut, dann können wir ja …«

»Antônio! Bitte reiß dich zusammen, wenn Anne gleich kommt. Und sag nicht, wie lange du schon hier bist. Ich will nicht, dass sie mich für unprofessionell hält. Am besten bleibst du im Auto sitzen.«

»Was denkst du denn von mir! Ich bin doch keine Plaudertasche!«

Plaudertasche – wo hatte er diesen Begriff wohl aufgeschnappt? Leider war er genau das, wie sie sich erinnerte. Und wenn er einmal in Fahrt war, war er nicht gerade die Diskretion in Person.

Eine knappe Viertelstunde später bog Annes roter Kleinwagen in die Straße ein. Finola stand schon am Straßenrand bereit und gab Antônio ein Zeichen, den Parkplatz freizugeben. Er scherte aus, fuhr einige Meter weiter und hielt dann in zweiter Reihe.

Anne lenkte ihr Auto in die Lücke und stieg aus.

»Das ist ja praktisch! Wie hast du das hingekriegt?«, fragte sie Finola.

»Antônio hat mir vorhin Kaffee und Doughnuts gebracht.« Das war nicht gelogen.

»Muss ich noch was wissen?«

Finola schüttelte den Kopf und reichte Anne ein Blatt von ihrem Block, auf dem sie ein paar Notizen gemacht hatte. »Mein Bericht.«

Anne musterte sie. »Danke. Du siehst müde aus.«

»Ich werd mich gleich noch ein bisschen hinlegen. Ich fürchte nämlich, unsere beiden Ts ziehen heute Abend erneut los. Saturday Night Fever ... Könnte wieder eine lange Nacht werden.«

»Ich sag dir Bescheid, wenn ich alte Frau nicht mehr kann!«

»Anne, bitte, du bist achtundfünfzig und nicht achtundsiebzig!«

»Aber eben keine achtundzwanzig mehr wie du. So, ab mit dir. Dein Chauffeur hat schon einen ganz ungeduldigen Hinterkopf!«

Kapitel 18

Ein erneuter Schauer machte Anne sehr dankbar für den Parkplatz, den Finola ihr beschafft hatte. So konnte sie die Observierung sogar genießen, in Ruhe ihr Hörbuch hören und sich von der Fahrt nach North Berwick erholen.

Erstaunlicherweise hatte sich auch durch den Besuch bei den vorigen Arbeitgebern der Nanny kein schwarzer Fleck in ihrem Lebenslauf gezeigt. Sie schien wirklich so nett und fähig zu sein, wie sie sich gab. Gut. Das hatte man viel zu selten.

Anne nahm einen Schluck aus ihrem Thermosbecher und lauschte der angenehm tiefen Frauenstimme, die die Familiensaga aus Orkney las. Orkney. Da war sie ewig nicht gewesen. Zuletzt mit Malcolm, als …

Halt. Sie würde jetzt nicht an Malcolm denken. Und nicht an das Geld. Sie musste versuchen, ihren Kopf freizumachen.

Das war nicht ganz so einfach, denn irgendwann war das Hörbuch zu Ende, aber immer noch hatte niemand das Haus verlassen. Anne holte eine kleine Flasche Wasser und ein Sandwich aus ihrer Tasche.

Wie machte Finola das, wenn sie so lange warten musste? Wie verbrachte sie die Zeit? Nun, immerhin war der junge Mann gekommen. Antônio. Mit Kaffee und

Doughnuts. Und er hatte sie nach Hause gefahren. Ob sich da etwas mehr anspann?

Nach einer weiteren halben Stunde war Anne definitiv froh, dass sie sonst die Schreibtischarbeit verrichtete. Das hier war nichts für sie, gegen ihre Müdigkeit, die mit einsetzender Dunkelheit noch stärker geworden war, halfen auch die letzten Schlucke Kaffee nicht. Wenn sie wenigstens irgendwas nebenher tun könnte! Vielleicht hätte sie Lachies Angebot damals annehmen sollen, ihr das Stricken beizubringen. Er konnte das sogar blind. So etwas war praktisch!

Da endlich – zwei junge Männer klingelten und betraten nach kurzer Wartezeit das Haus. Ein paar Minuten später eilte von der anderen Seite her ein Mädchen auf die Tür zu und verschwand ebenfalls drinnen.

Hoffentlich holten sie Tyler und Tícia nur ab, um gemeinsam etwas zu unternehmen, und feierten nicht in Tylers Wohnung bis in die Morgenstunden. Das würde sie nicht überstehen!

Anne bewegte ihre schmerzenden Schultern und versuchte, ihren Rücken zu entlasten.

Zum Glück gab es Finola.

Kapitel 19

Es war dunkel, als Finola die Augen aufschlug. Der Klingelton ihres Handys war zwar nicht laut, aber eindringlich. Sie tastete nach rechts, wo es auf ihrem Nachttisch liegen musste, doch da war kein Holz, sondern ein warmer Körper!

Mit einem Schlag fiel ihr alles wieder ein. Sie war nicht zu Hause.

Antônio.

Der knipste eine kleine Lampe an, reckte sich und gab ihr das Handy, das in seiner Reichweite gelegen haben musste.

Finola sah auf das Display. Anne.

»Ja? Soll ich dich ablösen?«, fragte sie.

»Wäre gut. Es sind zwei Freunde von Tyler gekommen, danach noch ein Mädchen. Ich schick dir ein paar Fotos. Die waren eine Weile oben, jetzt stehen sie mit Tyler und Tícia vor der Haustür und diskutieren, in welchen Pub sie vor dem Club noch gehen sollen. Ah, man scheint sich geeinigt zu haben.«

Anne schwieg, im Hintergrund waren Lachen und kurzes Gegröle zu hören.

»Blue Kitten – sagt dir das was, oder soll ich googeln?«

»Rose Street. Kenn ich«, erklärte Finola. »Ich geh direkt dorthin.«

»Danke.«

Drei kurze Signaltöne verrieten, dass drei Fotos angekommen waren. Sie waren nicht besonders scharf, würden aber helfen, die anderen Mitglieder der Clique zu erkennen.

»Wir müssen wieder los?«, fragte Antônio.

»Ich. Von ›wir‹ ist keine Rede.«

»Ich fahr dich natürlich. Charlotte Square oder St Andrew Square, was ist näher?«

»Dafür, dass du gerade erst nach Edinburgh gekommen bist, kennst du dich gut aus!«

Antônio grinste. »Meine Kollegen von der Stadtführung haben mich gleich am ersten Tag mit in die Rose Street genommen, und mein Gedächtnis für Straßen und Plätze ist sehr gut, vor allem, wenn es dort Pubs gibt.«

Finola lachte, stand auf und griff nach ihrer Kleidung. »Für Berge und Täler war es das weniger, wenn ich an Skye denke …«

»Nur weil ich mich einmal verirrt habe – ich bin eben ein Stadtkind.« Auch Antônio erhob sich. »Auf jeden Fall bist du schneller dort, wenn ich dich fahre.«

Der Pub war voller als beim letzten Mal, als sie hier observiert hatte. Und das Publikum war heute deutlich jünger, das »Blue Kitten« schien am Samstagabend vor allem Studentinnen und Studenten anzuziehen. Immerhin gab es einige verrückt gekleidete Leute hier, sodass sie in ihrem schwarzen Aufzug nicht übermäßig aus dem Rahmen fiel. Sie hätte lieber etwas weniger Auffallendes angehabt, aber zuerst nach Hause zu fahren und sich umzuziehen, hätte zu viel Zeit gekostet.

Mit ihrem Glas Tonic Water auf Eis (es sah ja niemand, dass sie den Gin weggelassen hatte) streifte sie durch den Pub und postierte sich schließlich so, dass sie die Clique gut im Blick behalten konnte.

Tícia hing an ihrem Freund wie die sprichwörtliche Klette. Tyler dagegen schien nur an dem interessiert, was seine beiden Freunde von sich gaben. Die zweite junge Frau wirkte ein wenig, als würde sie gar nicht wirklich dazugehören. Sie war zierlich und dunkelhaarig und stand einfach nur schweigend neben den anderen, ein Pint Bier in der Hand.

Einmal sprach sie mit Tícia, doch die schüttelte den Kopf und drückte sich noch enger an Tyler, der sich mit einer ruckartigen Geste von ihr zu lösen versuchte. Was er sagte, konnte Finola nicht hören, aber es schien nicht besonders nett zu sein.

Arme Tícia.

»Ah, hier bist du!«

Finola fuhr herum. »Nicht du schon wieder!«

Antônio verzog beleidigt das Gesicht.

»Sorry. Das geht nicht. Du kannst nicht mein ständiger Begleiter werden, wenn ich arbeite«, versuchte Finola zu erklären.

»Aber ich bin doch sehr hilfreich – ich habe übrigens auch was zum Umziehen für dich im Wagen, so wirst du ja kaum nachher in den Club gehen können. Die haben gestern dort schon komisch geguckt, und da warst du doch eigentlich ganz hübsch angezogen!«

Finola stöhnte. »Das Schlimme ist, du hast natürlich recht. Ich habe bereits hin und her überlegt, wie ich mein Outfit anpassen kann.«

»Na, siehst du. Da passt es doch prima, dass ich gerade für mein Schwesterchen shoppen war. Sie hat bestimmt nichts dagegen, wenn ich ihr Kleid an dich verleihe.«

»Bist du sicher?«

Antônio zuckte mit den Schultern. »Noch hab ich es ihr nicht geschenkt. Und du brauchst es heute. Du siehst, ich bin sehr nützlich. Und nett.« Er zog sie an sich und küsste sie.

Unwillkürlich schloss sie die Augen, riss sie dann aber mit einem Ruck wieder auf und sah sich um.

»Wo sind Tyler und das andere Mädchen hin?«, fragte sie hastig.

»Durch die Tür da hinten. Toiletten, nehme ich an.«

»Zusammen?«

»Kurz nacheinander. Erst sie, dann er.«

»Kannst du Tícia kurz im Blick behalten?« Sie drückte Antônio ihr Glas in die Hand und ging auf die Tür zu den Toiletten zu. Dabei kam sie so nahe an Tícia vorbei, dass sie sie erstmals richtig betrachten konnte.

Die Brasilianerin war wirklich sehr hübsch, hübscher als auf den gestellten Fotos. Selbst das blondgefärbte Haar zu der hellbraunen Haut wirkte kleidsam und nicht billig. Doch sie sah erschöpft und unglücklich aus, fast ein bisschen verloren. Sie drehte sich nach der Tür um, schien unschlüssig zu sein, was sie tun sollte.

Finola warf einen Blick zurück zu Antônio, der ihr aufmunternd zulächelte, und ging hinaus.

Tyler stand mit dem Rücken zu ihr ganz hinten im Gang in einer Ecke und verdeckte fast das Mädchen, das bei ihm war. Finola zögerte. Betrog Tyler seine Freundin und knutschte hier mit einer anderen? Nein, es sah eher so aus, als ob sie sich leise unterhielten.

Finola tat, als sei ihr etwas runtergefallen, das sie jetzt suchen musste, und behielt die beiden im Blick.

Schließlich nickte Tyler und verschwand in der Herrentoilette. Die Kleine kam den Gang zurück, und ohne Finola zu beachten, betrat sie die Damentoilette. Finola folgte ihr und wusch sich sehr gründlich die Hände, bis sie aus der Kabine kam. Sie wirkte animierter als zuvor. Das Gespräch mit Tyler hatte ihr wohl gutgetan. Oder …

Als sie am Waschbecken das Wasser anstellte, eilte Finola zurück zu Antônio und konnte so beobachten, wie das Mädchen wieder in den Pub kam und Tícia etwas ins Ohr flüsterte. Tícia schüttelte den Kopf, doch die Kleine gab nicht nach. Mit dem Kinn deutete sie auf die Tür zu den Toiletten. Tyler war noch nicht zurück.

Schließlich ließ sich Tícia überreden und ging hinaus.

»Fällt dir an dem dunkelhaarigen Mädchen was auf?«, fragte Finola Antônio.

»Sie hat jetzt bessere Laune als vorhin. Und definitiv eine Schwäche für den Rothaarigen. Schau mal, wie sie den anflirtet.«

Jemand stieß Finola heftig in die Seite und brachte sie aus dem Gleichgewicht. Sie taumelte gegen einen breiten Rücken und konnte sich gerade noch aufrecht halten.

»Ey, pass auf!«, rief sie dem Rempler nach und verpasste dadurch fast Tícias und Tylers unerwartet schnelle Rückkehr. Jetzt hatte Tyler den Arm um seine Freundin gelegt, und sie sah sehr viel glücklicher aus als zuvor.

Die Clique blieb noch auf eine zweite Runde, wurde immer ausgelassener und ließ schließlich Anzeichen von Aufbruch erkennen.

»Wo hast du meine Umziehsachen?«, fragte Finola.

»Im Auto, in der Sporttasche auf dem Rücksitz. Auf dem Parkplatz Richtung Calton Hill. Ich hoffe, das Kleid passt. Hab ich eigentlich für meine Schwester gekauft. Hier, nimm die Schlüssel; ich halte noch etwas die Stellung, bis sie gehen«, schlug Antônio vor. »Aber andererseits, wir kennen ja den Club.«

»Meinst du, es ist derselbe wie gestern?«

»Bestimmt – Tyler wirkte dort sehr bekannt. Ich tippe darauf, dass das sein Biotop ist.«

Finola nahm den Autoschlüssel entgegen. »Danke. Ich komm dann zum St Andrew Square und gable dich auf!«

Kapitel 20

Antônio hatte sich bei der Auswahl ihres Outfits selbst übertroffen. Das moosgrüne Seidenkleid war schlicht und weit geschnitten. Seine Schwester war, wie Finola von Fotos wusste, um einiges kleiner als sie, aber auch wenn das Kleid für Finola daher extrem kurz war, ließ es sich mit dem engen schwarzen Minirock, den sie ohnehin trug, und ihren schwarzen Strumpfhosen zu einem recht eleganten Outfit stylen. Zum Glück hatte sie alles dabei, um auch Gesicht und Frisur anzupassen, und konnte sogar ihre Doc Martens gegen die Ballerinas tauschen, die sie heute Mittag bei Helen getragen hatte.

Antônio warf ihr einen anerkennenden Blick zu, als er dieses Mal auf der Beifahrerseite einstieg, sagte jedoch nichts.

Tylers und Tícias Clique musste gerade erst angekommen sein, als sich Finola und Antônio dem Club näherten. Die jungen Leute standen noch im Eingangsbereich am Fuß der Treppe und unterhielten sich lautstark und wild gestikulierend mit ein paar anderen, die sie wohl kannten.

Finola ging sehr langsam an ihnen vorbei. Die kleine Dunkelhaarige war aufgetaut, sie kicherte ständig und konnte gar nicht stillstehen. Auch Tícia wippte auf ihren

Füßen auf und nieder. Die Männer schienen ihre Energie eher in prahlerisches Gerede zu stecken.

»Hast du auch den Eindruck, die haben was genommen?«, fragte Finola, als sie sicher außer Hörweite waren.

»Schwer zu sagen, aber von zwei Pints im Pub dürften sie nicht so aufgedreht sein. Außer sie haben vorher bei Tyler schon getrunken. Oder ja, sie haben noch etwas anderes intus. Vielleicht reagieren die Mädchen aber auch nur auf die Überdosis Testosteron?«

»Wow. Du klingst alt und reif!«

»Ey, ich bin reif. Und genauso alt wie du!«

Finola lachte. »Komm, lass uns tanzen, da können wir Tícia unauffällig im Auge behalten, wenn sie gleich hier raufkommt.«

Es war so einfach, ein Liebespaar zu spielen und dabei jemanden zu beobachten. Und erstmals machte eine Observierung richtig Spaß! Gegen die übermäßige Lautstärke hatte Finola ihre Ohrenstöpsel, und Antônio war ein wunderbarer Tänzer. Wenn er sie zwischendurch gelegentlich küsste, verstand sie nicht mehr wirklich, warum sie sich von ihm getrennt hatte.

Tícia schien den Abend weniger zu genießen. Tyler war zunächst sichtlich genervt von ihrer besitzergreifenden Art. Als sie jedoch später mit dem Rothaarigen tanzte und wohl für Tylers Begriffe zu lasziv die Hüften schwang, marschierte er zu ihr und beendete den Tanz mit ein paar harschen Worten. Danach hielt er sie längere Zeit an der Hand wie ein kleines unartiges Kind.

Es war schon sehr spät, oder sehr früh, je nachdem, wie man es betrachtete, als Tícia leicht schwankend die Treppe zu den Toiletten hinunterstieg. Finola und Antônio folgten ihr unauffällig und eng umschlungen.

Überraschenderweise ging Tícia weiter zum Ausgang und trat hinaus auf die Straße. Sie machte ein paar Schritte nach rechts, lehnte sich an die Hauswand und glitt plötzlich daran hinunter.

Finola löste sich aus Antônios Umarmung und eilte zu ihr.

»Hallo. Geht es dir nicht gut?«, fragte sie, beugte sich zu Tícia und legte ihr die Hand auf die Schulter.

Die antwortete nicht, starrte nur ins Leere.

Antônio ging neben ihr in die Hocke und begann, auf Portugiesisch auf sie einzureden. Damit hatte er Erfolg, denn sie sah ihn an und erwiderte etwas. Die beiden tauschten ein paar Sätze, dann verstummte Tícia, und Antônio erhob sich.

»Was ist?«

»Sie behauptet, es ist alles okay, sie ist nur unglücklich.«

»Das sieht mir aber eher aus, als wäre sie high.«

Bei ihren Worten verdrehten sich Tícias Augen kurz, dann fixierte sie Finola. Sie sagte etwas auf Portugiesisch. Antônios Reaktion nach schien es amüsant zu sein.

»Wir sollten sie vielleicht ins Krankenhaus bringen«, schlug Finola leise vor.

Antônio wiegte zweifelnd den Kopf.

»Hey, belästigt ihr etwa meine Freundin?«, rief eine raue Stimme. Tyler kam von der Eingangstür herangestapft. Er schob Kopf und Schultern nach vorn und wirkte ziemlich aggressiv.

»Es scheint ihr nicht gut zu gehen.« Finola wich nicht zurück, sondern sah ihm herausfordernd entgegen.

»Quatsch! Die stellt sich nur an, weil sie einen Streit vom Zaun gebrochen hat und jetzt wieder mal einen auf Opfer macht.«

Er griff ihr unter die Achseln und zog sie hoch, ohne

Finola und Antônio zu beachten. Dann führte er sie zurück in den Club. Sie ließ es geschehen.

»Was nun?« Antônio sah aus, als wäre er Tyler am liebsten gefolgt und hätte Prinzessin Tícia aus den Fängen des Drachen befreit.

»Nichts. Wir können sie nur weiter beobachten. Und falls sie wirklich Hilfe braucht …«

»Dieser Tyler ist einfach eine ganz üble Nummer!«, unterbrach Antônio und fixierte die Eingangstür, wo Tyler und Tícia gerade wieder herauskamen, dieses Mal in Jacken und mit Tícias Tasche an ihrem Arm. Tyler hielt sein Handy ans Ohr und gab die Adresse des Clubs durch, er bestellte wohl ein Taxi.

»Immerhin scheint er sie nun nach Hause zu bringen«, stellte Finola fest. »Holst du unsere Sachen? Dann warte ich hier.«

Antônio war noch nicht zurück, als Tyler und Tícia ins Taxi stiegen. Als er endlich mit ihren Jacken angehetzt kam, hatte Finola zwei Dinge beschlossen: Erstens würden sie sicherheitshalber gleich an Tylers Haus vorbeifahren, um zu sehen, ob in seiner Wohnung Licht war. Und zweitens würde sie sich anschließend von Antônio heimfahren lassen. In die Albert Terrace. Allein.

Zum Glück erklärte er sich sofort mit ihren Wünschen einverstanden.

Im dritten Stock von Tylers Haus brannte tatsächlich Licht, sie konnten also davon ausgehen, dass Tyler und Tícia heil angekommen waren. Finola atmete auf.

Die Fahrt durch das nächtliche Edinburgh nach Morningside ging angenehm schnell und gab Finola gerade genug Zeit, um die wichtigsten Ereignisse der Nacht als kurze Sprachnachricht an Anne zu verschicken.

Antônio küsste sie zum Abschied. Lang und zärtlich und voller Versprechen auf ein anderes Mal. Dann stieg

Finola aus, beugte sich jedoch noch einmal zurück in den Wagen.

»Ach, bevor ich's vergesse«, sagte sie leise. »Was hat Tícia denn gesagt, als sie mich vorhin so intensiv angesehen hat?«

Antônio schmunzelte. »Sie hat dich vor mir gewarnt! Sie hat gesagt: ›Trau ihm nicht! Er hat heute im Pub schon mit einer anderen rumgemacht!‹«

Kapitel 21

An diesem Sonntag stand Finola erst gegen Mittag auf. Sie hatte wunderbar geschlafen und fühlte sich bereit, die Observierung nach dem Frühstück wieder aufzunehmen. Doch zuerst musste sie Anne sprechen.

Sie fand sie in ihrem Atelier vor einer fast leeren Leinwand mit ihrer Palette und einem Pinsel in den Händen. Abwechselnd sah Anne von den Farben zur Leinwand und wieder zurück und schien sich nicht recht entscheiden zu können, was sie zu den geschwungenen blauen Linien hinzufügen sollte.

»Ich will dich nicht stören«, sagte Finola. »Ich nehme an, du hast meine Nachricht von heute Nacht gehört?«

»Ja, wunderbar.« Anne legte ihre Malutensilien zur Seite und drehte sich zu ihr um. »Der Bericht ist schon geschrieben und an Senhor Machado geschickt. Er wird nicht sehr glücklich darüber sein.«

»Soll ich heute …«

Anne winkte ab. »Ich glaube, über Tícias Wochenendbeschäftigungen wissen wir genug. Wichtig ist, dass du morgen schaust, ob sie zur Uni geht und wie es mit ihrem Studium aussieht. Vielleicht kannst du ja auch noch mal diese Carol befragen? Möglicherweise hat sie Tícia nur länger nicht gesehen, weil die in der Bibliothek lernt oder eine Hausarbeit schreibt. Oder sprich doch noch mal mit dieser anderen Freundin.«

»Was hat Lachie über Tyler herausgefunden?«

»Dass der gar kein Student ist, sondern nur so tut als ob!«

»Puh! Das hätte ich jetzt nicht erwartet. Dann hat er also schon Tessa belogen? Die hatte mir das mit dem Studieren erzählt. Sie kann echt froh sein, dass sie den Typen los ist.«

»Sieht so aus.«

»Vielleicht ist das seine Masche, um sich junge Freundinnen unter den Studentinnen zu angeln. Soll ich ihn mal aushorchen?« Finola grinste. »Ich habe eine blonde Langhaarperücke …«

»Ich denke nicht, dass das nötig ist.« Anne winkte ab. »Mach du dir heute mal einen schönen Sonntag.«

»Das werde ich. Laurie hat mich eingeladen, zu ihrer Scottish-Country-Dancing-Gruppe mitzugehen. Die haben heute wohl einen kleinen *Ceilidh*.«

»Wie schön! Tanzt du?«

»Schon lange nicht mehr, aber ich freu mich drauf. Als Kind hab ich an richtigen Highland-Dance-Wettbewerben teilgenommen, allerdings hatte meine Mutter nach dem Tod meines Vaters keine Lust mehr, mit mir immer zu Highland Games zu fahren, und als wir schließlich nach Glasgow gezogen sind …« Sie zuckte mit den Schultern.

»Och, das verlernt man ja nie ganz, oder? Ich wünsch dir viel Spaß! Es wird dir guttun, mal an etwas anderes als an eine Observierung zu denken!«

»Cool, dass du mitkommen kannst.« Laurie strahlte.

Finola nickte. »Ich freu mich auch. Anne und ich haben mir heute freigegeben, weil ich die letzten zwei Nächte unterwegs war.«

»Harter Job?«

»Manchmal schon.«

»Bei mir ging's gestern im Café.« Laurie lächelte. »Es war zwar nicht so viel Betrieb wie sonst, aber es war immerhin Kundschaft da. Danke, dass du da nachgeholfen hast.«

Plaudernd erreichten Finola und Laurie den Saal der Kirche, in dem die Country Dancers sich zusammenfanden. Die Live-Band war schon da, und der Caller, der die Schritte ansagen würde, sprach sich gerade mit den Musikern ab.

In froher Erwartung setzte sich Finola neben Laurie auf einen der Stühle an der Garderobe und wechselte die Schuhe. Sorgsam schnürte sie die langen Bänder ihrer schwarzen Ghillies, die sie Ewigkeiten nicht angehabt hatte und die ihr ein wenig enger vorkamen als früher.

»Schöner Rock!«, sagte Laurie.

»Gleichfalls.« Finola lächelte und drehte sich, sodass der weite Rock um sie herumschwang. Wie angenehm, dass sie heute hier sein konnte.

Das Stimmen der Geige lud ein, sich unter die Leute zu mischen.

»Kennst du noch Trish und Rob?«, fragte Laurie, als sie einem Paar um die fünfzig gegenüberstanden.

»Ja, wir saßen mal in deinem Café an einem Tisch«, erinnerte sich Finola. »Als ich ganz neu hier war.«

»Schön, dass Sie heute bei uns sind.« Trish und Rob schienen ehrlich erfreut.

»Darf ich Ihnen Finola einen Moment hierlassen?«, fragte Laurie. »Ich muss kurz zur Band.«

Trish nickte. »Selbstverständlich. Ich stell sie allen

vor. Ah, da sind ja Gavin und Tara – haben sie also doch einen Babysitter gefunden!«

Die beiden schätzte Finola auf Anfang dreißig, sie hatten, wie sie erzählten, einen zweijährigen Sohn und konnten daher nicht regelmäßig kommen. Anschließend stellte Rob ihr Max vor, dessen Falten auf ein höheres Lebensalter schließen ließen als sein dynamischer Gang.

Beim Scottish Country Dancing war, wie üblich, jedes Alter vertreten. Die Gäste waren einzeln oder als Paar gekommen, die meisten Herren im Kilt, die Damen in weiten Röcken oder Kleidern. Man würde Gelegenheit haben, sich miteinander zu unterhalten und ein wenig zu essen und zu trinken – was für ein Gegensatz zu der letzten Nacht im Club! Finola sandte einen kurzen Gedankengruß an Antônio und wandte sich auf ein Zeichen von Trish lächelnd dem nächsten Neuankömmling zu.

Mit einem Ruck rutschte ihr Herz in den Magen. Ihr Lächeln gefror.

Craig Erskine runzelte die Stirn. »Bist du wegen mir hier, oder ist dieses Mal ein anderer armer Teufel dran?«

»Ihr kennt euch?«, fragte Trisha überrascht.

»Lange Geschichte.« Craig winkte ab. »Gehört nicht hierher.«

So wie er den letzten Satz betonte, klang er, als wollte er damit sagen, dass Finola seiner Meinung nach nicht hierhergehörte.

»Ist Amanda auch da?« Finola legte den Kopf schief und gab ihrer Stimme einen süßlichen Klang.

»Nein.«

»Die Arme hat sich letzte Woche beim Sport die Achillessehne gezerrt«, erklärte Trisha. »Schön, dass du trotzdem kommst, Craig.«

»Ihr entschuldigt, ich muss gerade mal mit Max …?«

Er nickte Rob und Trisha zu und durchquerte dann mit großen Schritten den Raum, wo Max sich mit ein paar anderen Leuten unterhielt.

Trisha sah ihm bedauernd nach. »Schade, Sie hätten mit ihm ein Paar für den ersten Tanz bilden können.«

Finola bemühte sich um ein höfliches Lächeln. *Danke. Nein, danke!*

»Ich muss kurz noch Laurie was fragen!«, behauptete sie und ging hinüber zur Band, wo Laurie mit dem Akkordeonisten zu flirten schien.

»Das ist Daniel!«, stellte Laurie ihn vor. »Und das ist Finola. Sie ist neu hier, aber ich hoffe, das ist heute nicht ihr letztes Mal bei uns. Sie hat früher schon getanzt.«

»Na, dann ist sie richtig! Wir reden später, ja?« Er begann, in seinen Noten zu blättern, und Laurie wandte sich Finola zu. Sie stutzte.

»Ups, wie siehst du denn aus? Ist dir ein Geist begegnet?«

»So was Ähnliches«, bekannte Finola. »Jemand, den ich mal beschattet habe.«

»Erzähl!«

»Besser nicht. Schweigepflicht. Nur so weit: Der Mann hat es mir damals sehr übel genommen, dass ich ihn im Auftrag seiner Frau bespitzelt habe. Sie wollte wissen, ob er sie betrügt.«

»Und?«

»Nein.«

»Wie langweilig! Aber sollte er nicht eigentlich froh sein, dass seine Unschuld bewiesen wurde?«

Finola verzog das Gesicht. »Er sieht es wohl anders. Vielleicht sollte ich besser gehen? Nicht, dass das hier auf die Stimmung schlägt.«

»Quatsch! Der soll seinen Frust an seiner Frau auslassen – die hat den Auftrag erteilt –, nicht an dir! Komm, da drüben sind Evan und Scott, die tanzen beide klasse und sind total cool. Ich denke, ich nehme Evan, und du kriegst Scott.« Sie zog Finola mit sich. »Das passt doch prima: MacTavish und Scott.«

Laurie lachte so laut über ihr eigenes Wortspiel, dass sich mehrere Leute amüsiert nach ihr umdrehten.

Aus dem Augenwinkel konnte Finola erkennen, dass auch Craig kurz herüberschaute, sich dann aber sofort wieder abwandte.

Sie hob ihr Kinn ein wenig höher. Nein, sie würde sich nicht von einem missgelaunten Ex-Zielobjekt vertreiben lassen. Sie hatte das Recht, hier heute Spaß zu haben. Wenn es ihm nicht passte, dass sie hier war, konnte er ja gehen.

Kaum hatten Laurie und Finola Evan und Scott erreicht, spielte die Band einen typischen Akkord zur Begrüßung, dann trat der Caller ans Mikrofon.

»Willkommen, meine lieben Freunde«, rief er. »Für die, die mich noch nicht kennen sollten – ich bin Ronnie, und ich werde euch heute helfen, eure Beine zu schwingen!«

»Hi, Ronnie!«, antworteten alle im Chor, und einige lachten.

Finola lächelte unwillkürlich.

»Ich habe mir gedacht, wir fangen mal ganz leicht an – mit einem *Gay Gordons*. Da kennt ihr alle die Schritte doch in- und auswendig, da muss ich nicht arbeiten und kann mir noch ein wenig die Kehle anfeuchten.«

»Oooh!«

»Ja, danach wird es nämlich ernst. Ihr sollt euch ja nicht langweilen. Also – stellt euch jetzt auf für den *Gay Gordons!*«

Laurie sah Finola fragend an. Die nickte, tatsächlich wurde dieser Tanz so oft gespielt, dass er ihr auch ohne *calling*, also ohne Ansage der Schritte, hoffentlich keine Probleme bereitete.

Ronnie forderte zur Partnerwahl auf, und da Laurie sofort nach Evans Hand griff, bildete Finola automatisch mit Scott ein Paar. Der lächelte ihr zufrieden zu und führte sie zur Tanzfläche. Zusammen mit den anderen Paaren stellten sie sich gegen den Uhrzeigersinn im Kreis auf.

Wieder erklang ein Begrüßungsakkord, und die Tanzenden verbeugten sich oder knicksten voreinander. Finola und Scott fassten sich an den Händen und nahmen beim ersten Ton der Melodie die entsprechende Tanzhaltung nebeneinander ein.

Und dann war es einfach ein großes Vergnügen. Vier Schritte vor, umdrehen, vier Schritte rückwärts. Dasselbe in die andere Richtung. Mit den passenden Schritten drehen unter Scotts Arm und Polkaschritte im Kreis um die Tanzfläche. Und wieder von vorn.

Am Ende des Tanzes war sie dank Scotts enthusiastischem Tanzstil ein wenig außer Atem, aber glücklich. Warum hatte sie eigentlich so lange nicht mehr getanzt?

Der Reel, der folgte, war, wie Ronnie sagte, ganz neu und daher allen unbekannt. Scott nickte ihr aufmunternd zu. Dieses Mal stellten sich vier Paare in ein Set auf, und bestimmt war nicht nur Finola froh, dass Ronnie zu Beginn die Schritte mit ihnen durchging und sie mit seiner warmen, kräftigen Stimme auch während des Tanzes ansagte. Zweimal tanzte sie ansatzweise in die falsche Richtung, und einmal vergaß einer der Herren seine Schritte. Jedes Mal halfen die Mittanzenden bereitwillig und fröhlich.

»Und?«, rief Laurie ihr zu, als die Damen des Sets sich während des Tanzes in der Mitte trafen.

»Wenn euch eine Tänzerin fehlt, könnt ihr mit mir rechnen!«

Laurie lachte.

Finolas Entscheidung, Lauries Scottish-Country-Dancing-Gruppe beizutreten oder zumindest hin und wieder zu einem *Ceilidh* zu kommen, wurde in den Pausen bestärkt. So entspannt hatte sie sich schon lange nicht mehr gefühlt. Ronnies Witze waren wirklich lustig, sie führte mit allen möglichen Leuten nette Gespräche, und es mangelte weder an Getränken noch an verschiedenen guten Tänzern.

Selbst Craig Erskine wirkte irgendwie aufgetaut, auch wenn er sie keines Blickes würdigte, als er irgendwann beim *Dashing White Sergeant* im Dreierset gegenüber landete und schließlich direkt an ihr vorbeitanzte.

So what?

Kapitel 22

Am Montagmorgen fuhr Finola mit dem Bus zu den Uni-Gebäuden am George Square. Eigentlich hatte sie die Fünf nach Newington nehmen wollen, um zuerst bei Tícias Wohnung vorbeizuschauen. Vielleicht war die Studentin ja heute Morgen da, zumindest, um frische Klamotten zu holen oder ihre Bücher für die Uni? Möglicherweise hatte sie nur das Wochenende bei Tyler verbracht, und sie und Carol hatten sich in der letzten Woche einfach verfehlt?

Aber dann war zuerst die Dreiundzwanzig gekommen, und Finola hatte kurzerhand umgeplant. Mit diesem Bus konnte sie bis zur Forrest Road fahren und von dort bequem das kleine Stück zum George Square laufen, um zu überprüfen, ob Tícia um neun zu ihrer ersten Vorlesung erschien. Wenn nicht, würde sie zu ihr nach Hause gehen. Wie weit war das? Eine halbe Meile höchstens, ein schöner kleiner Spaziergang bei dem sonnigen Wetter. Danach war ausreichend Zeit, um ihren Elf-Uhr-Termin bei Helen wahrzunehmen.

Sie warf noch einmal einen Blick auf Tícias Stundenplan, den sie sich aus der Akte im Büro abfotografiert hatte. Am Anfang ihres Auslandsstudiums hatte Tícia wohl jede kleinste Info nach Hause geschickt, und ihr Vater hatte Anne alles gemailt.

Tícias Vorlesungen und Seminare lagen alle zwischen Montag und Donnerstag. Jetzt war dieser Stundenplan endlich nützlich; Finola würde in den nächsten Tagen so ganz einfach ihre Anwesenheit überprüfen können. Gegen Ende der Woche konnten Tícias Eltern also begründet entscheiden, ob ihre Tochter ihr Leben wie derzeit weiterführen sollte oder ob sie ihr den Geldhahn abdrehen und sie zur Rückkehr zwingen würden.

Das Handy in ihrer Hand summte, blinkte, und der Name Laurie leuchtete auf.

»Hi!«

»Wo bist du? Kannst du kommen?« Lauries Stimme klang seltsam belegt.

»Ich sitz gerade im Bus zur Uni. Ist was passiert?«

»Helen ist tot.«

Finola sog unwillkürlich die Luft ein.

»Ich hab's eben erfahren, als ich zum Café gekommen bin. Hab vor der Tür eine Kundin getroffen, die wusste davon. Die Putzfrau hat Helen heute Morgen gefunden. Und«, Laurie schluchzte kurz auf, »sie wurde vergiftet!«

»Bist du sicher?«

»Die Putzfrau hat gehört, wie die Notärztin mit den Polizisten gesprochen hat.«

»Wann ist das passiert? Wann hat sie sie gefunden?«

»Ich weiß nicht. Vor 'ner Stunde vielleicht oder anderthalb. Ich bin eben zu Helens Haus gegangen, und da ist abgesperrt, und es steht alles voll Polizei und …« Sie schluchzte wieder.

»Beruhige dich, Laurie. Gestern hattest du dein Café ja zu, also kannst du sie nicht vergiftet haben, als sie bei dir Tee getrunken hat.«

»Das ist nicht witzig!«

»Ja, okay, tut mir leid, warte mal … ich muss aussteigen.«

Beinahe hätte Finola ihre Haltestelle verpasst. Erst als sie auf der Straße stand, sprach sie weiter.

»So. Ich verstehe ehrlich gesagt nicht so ganz, warum dich das so aufregt, dass ich unbedingt kommen soll. Ich arbeite gerade, und im Moment ist es wirklich ein bisschen ungeschickt. Wie wär's um halb zwölf? Um elf habe ich meinen Termin mit Helen ... oh!«

Finola wurde plötzlich sehr heiß.

Helen lebte nicht mehr.

Jetzt untersuchte die Polizei ihren Tod. Und Helen hatte den heutigen Termin in ihr Handy eingespeichert. Elf Uhr – Sally. Sicher stand auch der Samstagstermin in ihrem Kalender. Und je nachdem, wann Helen gestorben war, Samstag oder Sonntag, würde man nach Sally suchen, um sie zu befragen. Oder man würde sie gar verdächtigen.

Fucking shit!

Adrenalin pumpte durch Finolas Körper, in den Ohren summte es. Kampf oder Flucht? Oder in diesem Fall: Sich bei der Polizei melden und zugeben, dass sie sich unter falschem Namen bei Helen eingeschlichen hatte, oder schweigen und hoffen, dass niemand sie gesehen und erkannt hatte?

»... doch kommen? Bitte, Finola. Finola?«

Langsam drangen wieder Laute an ihr Ohr, Laurie rief ihren Namen.

»Ja, Moment, ich überlege. Ruf dich gleich zurück.«

Finola ließ ihr Handy sinken. Sie atmete mehrmals bewusst ein und aus und versuchte, einen klaren Gedanken zu fassen.

Okay, Panik war nicht angesagt. Schließlich hatte sie Helen nicht ermordet. Und Laurie auch nicht. Und es konnte ihr keiner verbieten, einen kleinen Nebenjob anzunehmen und jemandem privat eine Massagebehandlung zu geben. Nur falls Anne mitkriegte, dass das genau in der Zeit geschehen war, in der sie angeblich Tícia observiert hatte, in der aber Antônio …

Antônio. Hoffentlich war er erreichbar!

Er meldete sich schon nach dem ersten Klingeln. »Spreche ich mit Rosie-Maus oder der heißen Braut aus dem Club?«, säuselte er.

Finola musste unwillkürlich lächeln.

»Du sprichst mit einer Privatdetektivin in großen Nöten.« Sie versuchte, auf seinen heiteren Ton einzugehen. »Ich habe gerade einen Anruf in einem anderen Fall bekommen und kann jetzt nicht wie geplant Tícias Uni-Veranstaltungen und ihre Wohnung überprüfen.«

»Oh, ich kann das für dich übernehmen«, bot er sofort an. »Gar kein Problem.«

»Das klingt ja ziemlich erfreut.«

Antônio lachte. »Es macht Spaß, mit dir zu arbeiten. Und ich habe erst heute Abend wieder zu tun. Eine Ghost Tour.«

»Na, viel jobbst du dort nicht gerade. Ich kann dir für deine Hilfe aber was zahlen.«

»Mach dir darum keine Sorgen. Alles in Ordnung. Also, wo soll ich was überprüfen?«

»Ich schick dir Tícias Stundenplan und die Adresse. Guck einfach, ob sie an der Uni oder zu Hause ist und was sie so macht. Aber unauffällig.«

»Klar doch. Du kannst dich auf mich verlassen und in Ruhe deinen anderen Fall lösen. Ich gebe dir heute Abend meinen Bericht nach der Ghost Tour, ja? Ganz persönlich. Und wenn was unklar ist, schick ich dir 'ne Nachricht.«

»Danke, Antônio! Du bist ein Schatz! Du rettest mich jetzt wirklich … also, danke!

Wenige Sekunden später hatte sie Antônio die Unterlagen geschickt und eilte um die Ecke zur Bushaltestelle in die Gegenrichtung. Sie wählte Lauries Nummer.

»Laurie?«

»Kommst du?«

»Ja, bin schon unterwegs zum Bus. Wir sehen uns gleich im Café.«

»Ich bin so froh!« Laurie schluchzte. »Hoffentlich kommt die Polizei nicht vor dir. Ich will nicht allein sein, wenn sie …«

»Wieso die Polizei?«, fragte Finola. »Du hast ja mit Helens Tod gar nichts zu tun.«

»Hab ich auch nicht. Aber ich hab's dir doch vorhin erklärt.«

»Was? Ich verstehe nicht!«

»Die Putzfrau hatte, bevor sie Helen fand, schon die Mülleimer in der Küche geleert. Und darin waren ihr die bunten Cupcakeförmchen aufgefallen. Genau solche, wie ich sie fürs Café benutze!«

Kapitel 23

Finola eilte die Morningside Road entlang. Von der anderen Seite her kamen ihr ein Mann und eine Frau entgegen, die verdächtig nach Kriminalpolizei aussahen. Sie legte noch einen Zahn zu und betrat das Café wenige Sekunden, bevor die beiden die Tür erreicht hatten.

Laurie umarmte sie und flüsterte: »Danke!«

Finola hatte sich nicht getäuscht, die Frau in Jeans und Blazer und ihr Begleiter traten ebenfalls ein.

»Lauren Anderson?« Sie sah von Laurie zu Finola und wieder zurück.

»Das bin ich«, gab Laurie zu.

»Ich bin *DI* MacFarlane, und dies ist *DS* Croft. Er hat vor ein paar Tagen ja schon mit Ihnen gesprochen, glaube ich. Wir haben noch ein paar kurze Fragen im Zusammenhang mit Helen Burke.«

Laurie hielt die Luft an und riss die Augen auf. Die Polizisten tauschten einen Blick.

Finola legte den Arm um ihre Schultern. »Setz dich, ich hol dir ein Glas Wasser.«

Sie zog einen Stuhl unter dem Tischchen hervor, auf dem sich Laurie langsam niederließ.

»Aber ich weiß doch gar nichts!«, sagte sie leise zu der Polizistin.

»Sie wissen, dass Helen Burke tot ist?«

Laurie nickte. Es war nicht ganz klar, ob sie die Frage von *DI* MacFarlane beantwortete oder Finola für das Glas Wasser dankte, das diese gerade vor sie stellte. Sie nahm einen Schluck und räusperte sich.

»Ja, ich habe gehört, dass Helen tot aufgefunden wurde. In Morningside spricht sich so etwas schnell herum.«

»Sehen Sie, das habe ich mir gedacht.« *DI* MacFarlane nahm sich ebenfalls einen Stuhl und setzte sich zu Laurie an den Tisch.

Finola wertete es als gutes Zeichen, dass sie sie nicht beachtete. Sie blieb ein wenig im Hintergrund stehen, um Laurie moralische Unterstützung zu geben.

»Was haben Sie denn noch gehört?«, fragte MacFarlane.

Sie wirkte freundlich, fand Finola, sie schien zu wissen, dass nicht jede Person, die angesichts der Polizei zu zittern begann, eines Verbrechens schuldig war. Obwohl Lauries Reaktion schon unerwartet heftig war. Was mochte dahinterstecken?

MacFarlane hörte aufmerksam zu, als Laurie ihr erzählte, wie sie von Helens Tod erfahren hatte und welche Bemerkungen in dem Gespräch gefallen waren. Die Detective Inspector war eine nicht unattraktive Endvierzigerin mit kastanienbraun gefärbtem halblangem Haar, das allerdings einen deutlichen Ansatz zeigte.

DS Croft war wesentlich jünger, er sah höchstens wie Mitte zwanzig aus. Breitschultrig und muskulös stand er mit leicht gespreizten Beinen an der Cafétür wie ein … Finola musste kurz überlegen, an wen oder was er sie erinnerte.

Ah, ja. Er stand da wie ein Türsteher, massiv und fast bewegungslos, doch seine Augen schienen alles zu registrieren. Einen Moment lang trafen sich ihre Blicke. Finola lächelte, aber *DS* Crofts Gesicht blieb ungerührt.

»Nein, ich kann nicht sagen, ob das tatsächlich Förmchen von meinen Cupcakes sind«, erklärte Laurie mit einem Blick auf MacFarlanes Handydisplay. »Die kann man ja überall kaufen. Ich glaube nicht, dass das meine sind, weil Helen am Samstag ja gar nicht hier im Café war und nichts gekauft hat.«

»Wir werden selbstverständlich untersuchen, wo Ms Burke die Cupcakes gekauft hat und ob sie überhaupt etwas mit ihrem Tod zu tun haben. Machen Sie sich keine Gedanken, die Wahrheit kommt immer ans Licht.«

Glaubte sie das selbst? Wie hoch war in Edinburgh die Aufklärungsrate bei Mordfällen?

»Verraten Sie mir noch, wer Sie sind?«, fragte MacFarlane und wandte sich an Finola. »Und ob Sie auch etwas gehört oder gesehen haben?«

»Finola MacTavish. Ich bin Lauries Freundin und wohne hier in der Nachbarschaft. Und ich weiß nur das, was Laurie Ihnen eben erzählt hat.«

»MacTavish. Sind Sie verwandt mit den MacTavish in – wo war das noch? Musselburgh … Prestonpans? Mit denen vom Golfclub?«

»Nein, tut mir leid. Ich komme aus dem Westen, und ich wohne erst seit letztem Monat hier.«

»Dann kennen Sie Helen Burke am Ende gar nicht?«

War die Überraschung echt oder gespielt? *DI* MacFarlane war schwer zu durchschauen.

»Wir haben kürzlich hier im Café am selben Tisch gesessen«, antwortete Finola ehrlich.

Sollte sie gleich noch von der Massage erzählen?

Bevor sie einen Entschluss gefasst hatte, wandte sich MacFarlane wieder an Laurie und sprach weiter.

»Nun, wir müssen zunächst einmal untersuchen, ob tatsächlich Gift zu Ms Burkes Tod geführt hat. Auch wenn einiges dafür spricht, weil sie ja vor ein paar Tagen schon einmal … Aber vielleicht war daran ein verdorbenes Lebensmittel schuld oder eine Allergie. Jetzt sieht das alles natürlich ein wenig anders aus. Aber wir warten auf jeden Fall zuerst mal das Ergebnis der Obduktion ab, und wenn wir dann Fragen haben, schauen wir einfach noch mal vorbei. *DS* Croft hat ja Ihre Kontaktdaten, Ms Anderson, nicht wahr?« Sie lächelte freundlich.

»Und Sie, Ms MacTavish, geben meinem jugendlichen Assistenten bitte auch noch Ihre Kontaktdaten, ja? Vielen Dank.«

Die Polizistin erhob sich und sah sich im Café um.

DS Croft kam ein paar Schritte auf Finola zu, zückte sein Handy und sah sie auffordernd an.

Sie nannte ihren Namen, die Adresse und ihre private Handynummer, die er mit schnellen Fingern eingab.

»Haben Sie auch noch eine berufliche Nummer?«, fragte MacFarlane von hinter der Verkaufstheke, von wo aus sie interessiert die wenigen Cupcakes betrachtete, die Laurie an diesem Morgen schon eingeräumt hatte.

»Ja.« Finola gab auch diese Nummer an. Woher wusste *DI* MacFarlane, dass sie zwei Handys hatte?

»Schön. Dann danke ich Ihnen, Ms Anderson und Ms MacTavish.«

Die Polizistin kam wieder hinter der Theke hervor, ging zum Ausgang und legte ihre Hand auf den Türknopf.

»Ach, Ms MacTavish …« Sie betonte Finolas Namen und ließ einen Moment verstreichen, bevor sie weitersprach. »Albert Terrace, *MacTavish & Scott*. Achten Sie bitte darauf, dass Sie uns nicht ins Handwerk pfuschen. Wir sind nicht gerade die größten Fans von Privatdetektiven.«

Sie öffnete die Tür und ging ohne ein weiteres Wort

hinaus, gefolgt von *DS* Croft, der ein hastiges »Bye!« fallen ließ.

Kapitel 24

Laurie sackte auf ihrem Stuhl zusammen.

Finola ging an ihr vorbei zur Tür und schloss diese ab. Dann setzte sie sich zu Laurie und nahm deren Hand.

»Was ist los, dearie?«, fragte sie leise.

»Ach, das alles mit der Polizei …«

»Diese MacFarlane schien doch ganz nett zu sein. Hast du schon mal schlechte Erfahrungen mit der Polizei gemacht?«

Laurie entzog ihr die Hand und stand auf. »Ich kann irgendwie gar nicht glauben, dass Helen tatsächlich tot ist. Meinst du, dass sie wirklich nur was Falsches gegessen haben könnte?«

Warum wechselte Laurie so abrupt das Thema?

»Definitiv. Gift ist immer was Falsches«, erklärte Finola. »An einem verdorbenen Lebensmittel stirbt man meines Wissens allerdings nicht so schnell, wenn man nicht gerade allergisch dagegen ist, einen anaphylaktischen Schock erleidet und keine Hilfe in der Nähe ist. Aber das wird man bei der Autopsie ja herausfinden. Wegen eines verdorbenen Magens dürfte nicht die Kriminalpolizei ermitteln. Also muss schon ein ernsthafter Verdacht bestehen.«

Sie verschluckte das Wort, das ihr auf der Zunge lag. Mord.

»Kannst du nicht einfach …« Laurie verstummte.

»Laurie, du hast doch gehört, was *DI* MacFarlane gesagt hat. Ich kann Helens Tod unmöglich zu meinem Fall machen!«

»Ich meine ja auch nicht, dass du dich in die Polizeiarbeit einmischst. Aber so ein bisschen umhören könntest du dich doch. Ganz diskret?«

Finola schüttelte den Kopf. »Ich sehe nicht, wie. Natürlich könnte ich mich als Patientin in der Praxis registrieren lassen und einen Termin ausmachen und mich dort ganz allgemein umsehen, aber …«

»Das wäre doch schon etwas. Vielleicht hörst du zufällig was. Oder dir fällt sonst was auf. Ob zum Beispiel jemand Cupcakes bei mir kauft und sie dann vergiftet, um den Verdacht auf mich zu lenken!«

»Wie bitte?« Auf diese Idee wäre Finola nicht im Traum gekommen. Wer sollte Laurie schaden wollen? Und dabei ein Menschenleben opfern?

»Du merkst schon, dass du ein bisschen paranoid bist?«, fragte sie.

»Ja, ich weiß, aber ich komm einfach nicht von dem Gedanken los, dass meine Cupcakes zum zweiten Mal unter Verdacht stehen.« Laurie biss sich auf die Unterlippe. »Was wird denn jetzt aus meinem Café?« Ihre Stimme zitterte.

Finola trat auf sie zu und nahm sie in die Arme.

»Es wird alles gut«, sagte sie.

Sie würde Laurie noch ein wenig trösten und dann tatsächlich in der Praxis vorbeischauen, um sich zu registrieren. Irgendwann und irgendwo musste sie das ja ohnehin tun. Warum also nicht in der *Burke Dental Clinic?*

Die Zahnarztpraxis war hell und freundlich, türkisfarbene Akzente lockerten das Weiß-Grau der Wände und Möbel auf.

Finola trat an die Rezeptionstheke, hinter der eine Frau Anfang vierzig stand und beruhigend auf ein junges Mädchen einredete, das völlig verschreckt wirkte.

»… erst mal eine große Kanne Tee für uns alle. Und dann setzt du dich in die Küche und trinkst eine Tasse. Mit viel Milch und Zucker. Atme ein paarmal tief durch, und du wirst sehen, es geht wieder besser. Ja?«

Das Mädchen nickte und verschwand in einem Gang um die Ecke. Die andere Frau drehte sich zu Finola um.

»Guten Morgen. Wie kann ich Ihnen helfen?«, fragte sie. Sie wirkte auf den ersten Blick völlig ruhig, doch Finola entging nicht, dass ihr Lächeln sich auf den Mund beschränkte und eines ihrer Lider mehrfach zuckte.

»Guten Morgen. Ich bin neu nach Edinburgh gezogen und möchte mich gerne hier registrieren.«

Die Rezeptionistin, deren Namensschild sie als Nikki auswies, zögerte kurz, dann holte sie aus einer Schublade ein Formular, klemmte dieses auf ein Brett, an dem eine Schnur mit einem Kuli befestigt war, und reichte Finola die Unterlagen.

»Bitte füllen Sie das aus. Sie können sich dort um die Ecke im Wartebereich hinsetzen.«

Finola dankte ihr. Sie tat, als ob sie anfing, das Formular zu lesen, und ging sehr langsam in die angegebene Richtung. So konnte sie aus dem Augenwinkel sehen, wie Nikki das Telefon abnahm.

»Dr. Somplatzky, hallo. Eben kam eine neue Patientin. Wie machen wir es denn jetzt mit Neuregistrierungen? Kann ich überhaupt noch jemanden annehmen? Wie geht es mit der Praxis weiter?«

Finola machte noch einen Schritt und blieb dann stehen. Von dieser Stelle im Gang aus konnte sie die Rezeption nicht mehr sehen, war also auch für Nikki nicht sichtbar. Das war ideal zum Lauschen.

»Ja, ja, ich verstehe. Gut, dann mach ich erst mal alles wie gehabt, und wir besprechen das in der Mittagspause. Danke, Dr. Somplatzky ... Nein, ich habe noch nicht mit Dr. McKay gesprochen. Er ist ja erst seit Kurzem ... Ja, ja natürlich.«

Sie musste aufgelegt haben, denn es war nichts weiter zu hören. Aus einer der Türen kam eine Zahnarzthelferin und eilte ins Wartezimmer, das mit einer Glastür vom Gang abgeteilt war. Sie rief einen Patienten aus und führte ihn in den Raum, aus dem sie gekommen war. Eine große Eins auf der Tür ließ darauf schließen, dass es sich um einen der Behandlungsräume handelte. Den von Dr. Somplatzky? Oder den von Dr. McKay?

Finola betrat das Wartezimmer und setzte sich so, dass sie beim Ausfüllen des Formulars durch die Glastür den Gang im Blick behalten konnte. Viel geschah nicht. Nur einmal sprachen zwei Frauen in weißen Kitteln leise miteinander, bevor sie wieder in verschiedene Richtungen auseinandergingen.

Außer Finola saßen nur noch ein Mann und eine Frau im Wartezimmer. Der Mann starrte unglücklich vor sich hin, während die Frau in einer bunten Illustrierten blätterte.

Helen Burkes Tod schien die Praxis in ihrem Ablauf bisher nicht allzu sehr durcheinanderzubringen. Natürlich – Helen hatte Finola, oder besser gesagt Sally, ja erzählt, dass sie montags erst am Nachmittag arbeitete. Wie es dann wohl aussah? Würden die anderen Zahnärzte ihre Patientinnen und Patienten übernehmen? Oder gab es so etwas wie einen Vertretungsdienst? Wie würde es insgesamt mit der Praxis weitergehen? Dem

Namen nach – *Burke Dental Clinic* – war Helen Burke die Chefin gewesen. Würde einer der anderen beiden Zahnärzte die Praxis übernehmen? Jemand Fremdes mit einsteigen?

Finola erhob sich. Es hatte keinen Sinn, hier herumzusitzen, die Rezeptionistin würde sich zudem wundern, wenn sie so ewig nicht zurückkam.

»Hier, bitte.« Finola legte das Klemmbrett mit dem Formular auf der Rezeptionstheke ab.

Nikki sah vom *PC*-Bildschirm auf. »Vielen Dank. Wollen Sie auch schon einen ersten Untersuchungstermin machen? Ich kann Ihnen allerdings nichts für die nächste Zeit anbieten, erst in etwa drei bis vier Monaten haben wir wieder Kontrolltermine frei.«

»Das ist in Ordnung«, versicherte Finola. »Ich war vor meinem Umzug noch bei meiner alten Zahnärztin, es eilt überhaupt nicht. In fünf Monaten reicht es.«

Nikki wirkte erleichtert. »Gut, dann schau ich mal. Mitte März also?«

Finola zückte ihr Handy und checkte den Termin, den Nikki ihr vorschlug.

»Ich werde Sie bei Herrn Dr. Somplatzky eintragen, Dr. McKay nimmt im Moment nur noch Privatpatienten an.«

»Und was ist mit Dr. Burke?«, fragte Finola. »Ich würde eigentlich lieber zu einer Frau gehen.«

Nikki hielt kurz die Luft an und kniff die Lippen zusammen. Dann sagte sie: »Es tut mir leid, Dr. Burke steht nicht mehr zur Verfügung. Sie ist … sie ist unglücklicherweise gestorben.«

»Oh, Entschuldigung, das wusste ich nicht.«

»Nein, natürlich nicht. Die Nachricht ist noch ganz frisch. Es ist nur …«

»Das muss ja sehr schwierig für Sie alle hier sein.« Es

fiel Finola nicht schwer, Mitgefühl und Verständnis in ihre Stimme zu legen.

»Das ist es. Ich kann es noch gar nicht glauben. Helen war …« Nikki räusperte sich. »Entschuldigung. Ich bin doch etwas aufgewühlt, aber wir können ja die Patienten nicht …«

Finola nickte und wollte gerade zu einer weiteren Frage ansetzen, als ein älterer Mann die Praxis betrat.

»Oh, wie gut, Sie haben geöffnet!«, rief er. »Ich hatte schon gefürchtet, dass ich an meinen Zahnschmerzen zugrunde gehen muss!«

»Aber nein, Mr Thomas«, antwortete Nikki. »Wir helfen Ihnen natürlich. Haben Sie einen winzigen Moment Geduld.«

Sie wandte sich noch einmal Finola zu. »Wir sehen uns dann im Mai, und falls vorher was ist, rufen Sie bitte an.«

»Ja, mach ich. Äh, wo ist hier bitte die Toilette?«

»Dort den Gang entlang auf der linken Seite. Es steht dran!«

Finola bedankte sich und steckte möglichst umständlich ihr Handy ein, während Nikki sich bereits wieder an den älteren Herrn wandte.

»Sie haben also Schmerzen?«

Kapitel 25

Der Weg zur Toilette führte an einer halb offen stehenden Tür vorbei, die den Blick auf eine Küche freigab. Das junge Mädchen von vorhin saß dort auf einem Stuhl und hielt einen Teebecher mit beiden Händen umfasst. Finola blieb neben der Tür stehen.

»Geh besser nach Hause, Pola«, hörte sie eine weibliche Stimme mit nordenglischem Akzent sagen. »Du bist hier heute ohnehin nicht wirklich zu gebrauchen.«

Trotz der harschen Worte klang sie mitfühlend.

»Aber ich möchte nicht …« Pola begann zu weinen.

»Schau, wir stehen alle unter Schock. Und jeder geht damit anders um. Wenn es dir guttut, hier zu sitzen, ist das schön für dich. Allerdings glaube ich nicht, dass Dr. Somplatzky begeistert davon ist, dich heulendes Elend hier vorzufinden, wenn er sich zwischen zwei Patienten seinen Kaffee genehmigt.«

»Der mochte Dr. Burke doch sowieso nicht.«

»Was hat denn das damit zu tun? Wir treffen uns nicht in der Praxis, weil wir uns mögen, sondern wir arbeiten hier. Zum Wohle der Patienten und natürlich, um unser Geld zu verdienen.«

»Aber irgendjemand hat Dr. Burke umgebracht, Rachel! Das hat doch was mit mögen zu tun!«

»Pst!«

Die Tür wurde geschlossen. Schade. Doch so konnte Finola tatsächlich auf die Toilette gehen und das eben Gehörte einsortieren. Sie wusch sich die Hände und überlegte. Wie konnte sie Kontakt zu dieser Pola aufnehmen? Die schien ja nicht abgeneigt, ihre Eindrücke von den Menschen in der Praxis von sich zu geben. Vielleicht sollte sie vor dem Haus warten, ob Pola sich tatsächlich krank meldete und heimging, wie Rachel es ihr geraten hatte? Auf jeden Fall musste sie selbst nun die Praxis verlassen, wenn sie keine unliebsamen Fragen aufwerfen wollte.

Als sie wieder auf den Gang trat, standen neben Pola zwei weitere Zahnarzthelferinnen vor der Küche.

»Das ist sicher besser so.« Rachel, deren Stimme Finola schon kannte, erwies sich als kleine, etwas füllige Enddreißigerin.

»Hast du jemanden, mit dem du reden kannst? Deine Familie? Oder eine Freundin?«, fragte ihre jüngere Kollegin.

Pola nickte und wischte sich die Tränen ab.

»Gut, dann müssen wir nur noch wen finden, der heute hier putzen kann. Gladys fällt ja aus, und ich fürchte, nicht nur heute! Ich muss das gleich mal mit Nikki besprechen.« Rachel schien die tatkräftigste Person in der Praxis zu sein.

Finola ging langsam zu den drei Frauen hin.

»Entschuldigung, wenn ich Sie einfach so anspreche. Ich habe eben zufällig gehört, dass sie jemanden zum Putzen suchen?«

Drei Augenpaare starrten sie an.

»Äh, ich bin ganz neu in Edinburgh, hab mich gerade hier registriert«, erklärte Finola und tat ein wenig schüchtern. »Ich habe aber im Moment keinen Job und suche … Also, ich könnte das machen.«

»Sie würden hier putzen? Ja, haben Sie denn Erfahrung mit so einer Praxis?« Rachel runzelte die Stirn. »Das ist ja nicht ganz so wie bei irgendjemandem zu Hause.«

»Ich habe in Glasgow in einer Physiotherapie-Praxis geputzt«, antwortete Finola ehrlich, denn auch wenn sie normalerweise dort Krankengymnastik gegeben hatte, so waren sie ohne Putzhilfe ausgekommen, weil jede der Kolleginnen mit angepackt hatte.

»Na ja, den medizinischen Kram machen wir ja ohnehin selbst sauber«, warf die Kollegin ein, deren Namensschild sie als Ina auswies. »Es ist eigentlich wirklich nur das Allgemeine zu tun.«

Rachel legte den Kopf schief. »Könnten Sie denn heute … haben Sie Zeit? Und ginge das eventuell auch noch ein anderes Mal?«

Finola nickte.

»Gut, dann rede ich gleich mal mit Nikki. Die ist für die Organisation der Praxis zuständig. Ich glaube nicht, dass einer der Herren Zahnärzte einen Sinn für solch profane Entscheidungen hat.«

»Vor allem nicht der gute Jonathan McKay«, flüsterte Ina und schüttelte den Kopf. »Der hat eher Halbgott-Allüren und lässt sich ohnehin lieber bedienen. Dem muss Pola sogar seine Cupcakes für die Pause besorgen. Als wäre das ein Teil ihrer Ausbildung!«

Finola machte eine gedankliche Notiz zu Inas Bemerkung, während sie Rachels musternden Blick auf sich spürte.

»Gut, dann kommen Sie doch mal mit, wie heißen Sie?«

Gerne hätte Finola einen anderen Namen angegeben, aber durch ihre Registrierung vorhin war das nicht möglich.

»Finola, Finola MacTavish.«

Mit großen Schritten marschierte Rachel zur Rezeption, dicht gefolgt von Finola.

»Nikki – ich hab hier jemanden, die Gladys vertreten kann. Heute und vielleicht auch noch mal.«

Die Rezeptionistin rieb sich die Stirn. »Wunderbar. Ms MacTavish, nicht wahr?«

»Finola. Ja, ich bin gerade auf Jobsuche und kann gleich einspringen.«

»Schön.« Nikki wirkte erleichtert. »Dann kommen Sie doch einfach um sechs her, wenn die Praxis schließt, wir besprechen alles, und ich zeige Ihnen, was zu tun ist. Bis dahin weiß ich hoffentlich auch schon mehr, also, wegen Gladys.«

»Sechs Uhr«, wiederholte Finola und nickte.

»Gut, bis dann, Finola. Wolltest du noch was, Rachel?«

»Konntest du ein paar Patienten erreichen?«, fragte Rachel. »Dr. McKay würde sonst notfalls heute länger bleiben, hat er gesagt.«

Finola nickte beiden zum Abschied zu und verließ die Praxis.

Ob Gladys, die Putzhilfe der Praxis, dieselbe war, die bei Helen zu Hause gearbeitet hatte? Die, die sie tot aufgefunden hatte?

Und Pola hatte für Dr. McKay Cupcakes gekauft? Bei Laurie?

Das war doch alles sehr interessant.

Kapitel 26

»Und – *tudo bem?* Alles okay?« Finola lehnte ihren Rücken an einen Laternenpfahl mit Blick auf den Praxiseingang und nutzte die Zeit für einen kurzen Anruf bei Antônio.

»*Tudo bem!*« Antônio lachte. »Deine Aussprache wird besser. Nur noch ein bisschen nasaler. Wir üben das nachher mal, ja?«

»Ich kann dir allerdings nicht sagen, wann nachher sein wird.«

»Ah, dein neuer Fall. Interessant?«

»Ja, kann man so nennen. Aber jetzt zu Tícia.«

»Okay. Also. Sie war nicht bei der Neun-Uhr-Vorlesung. Und sie war nicht zu Hause. Ich habe ihre Vermieterin getroffen, die meinte, sie sei allerdings gestern Abend da gewesen. Sie hat sie durch das Küchenfenster gesehen.«

»Und das hat sie dir erzählt?«

»Natürlich. Warum sollte sie das Tícias Bruder nicht erzählen?«

»Tícias Bruder?«

Antônio lachte wieder. Es hörte sich an, als ob er bei seinem Auftrag wirklich Spaß hatte.

»Na ja, ich wollte die arme Frau ja nicht verschrecken, als sie vom Einkaufen kam und mich vor Tícias

Tür vorfand. Also habe ich meinen schönsten Akzent aufgelegt und mich als ihr Bruder vorgestellt.«

»Und das hat sie geglaubt?«

Na ja, eigentlich war das nicht so verwunderlich. Antônios Hautfarbe war unwesentlich dunkler als Tícias, und natürlich würde er ihren brasilianischen Akzent genau treffen.

»Vertraue meinem Charme, Baby!«

»Gut. Bleibst du dran?«

»Ich bin schon dran. Stehe bei diesem Tyler vor der Haustür und warte, dass sie rauskommt. Hab sie vorhin am Fenster gesehen, sie ist also da.«

»Das klingt, als wärst du dein Geld wert!«

»Aber natürlich. Und ich freue mich schon sehr auf die persönliche Berichterstattung, wenn du …«

»Sorry, ich muss los«, unterbrach ihn Finola. »Ich hab auch ein Zielobjekt! Bis dann!«

Pola trat auf die Straße. Sie schaute unentschlossen nach links und nach rechts. Finola richtete sich auf und lächelte ihr zu. Tatsächlich sah Pola sie nun an und erwiderte ihr Lächeln, wenn auch zögernd.

Finola trat auf sie zu. »Hi. Bei euch geht's heute in der Praxis wohl ein bisschen durcheinander? Ist ja auch kein Wunder. Schreckliche Geschichte.«

Polas Augen füllten sich mit Tränen.

»Oh, ich wollte dich nicht aufregen, sorry.« Finola berührte kurz tröstend ihren Oberarm. »Kann ich dir irgendwie helfen? Brauchst du jemanden zum Reden?«

Pola starrte sie an.

»Ich weiß, wir kennen uns eigentlich nicht, aber ich arbeite ja jetzt in der Praxis, wenn auch nur als Putzhilfe. Und du?«

»Ich bin in der Ausbildung. Zahnarzthelferin«, sagte Pola.

»Magst du einen Tee? Oder lieber einen Kaffee? Ich lad dich ein. Kennst du *Laurie's Café*?«

Pola nickte. Sie schien unsicher zu sein, wie sie auf Finolas doch recht offensiven Kontaktversuch reagieren sollte. Aber sie hatte wohl keinen besseren Plan.

»Ein Kaffee wäre cool. Tee habe ich schon einen Liter oder so getrunken.«

»Ich muss nur noch kurz meinem Freund schreiben«, behauptete Finola und tippte eine Nachricht für Laurie: *Wenn ich gleich ins Café komme, kennst du mich nicht.*

Kapitel 27

Laurie hatte verstanden. Sie begrüßte Finola und Pola freundlich, aber ohne Vertraulichkeit. Das Café war leer.

»Lass uns da in die Ecke gehen, ja?«, schlug Finola vor. »Ich nehm einen Latte macchiato. Und du?«

»Ich auch.«

»Also, zweimal, bitte«, bestellte Finola und schob Pola sanft in den hinteren Teil des Cafés.

Sie setzten sich. Finola kramte ein wenig in ihrem Rucksack, um Pola Zeit zu geben, sich auf die Situation einzustellen.

»Mhm. Hab ich's wohl doch liegen lassen«, murmelte sie, schloss den Rucksack wieder und stellte ihn beiseite.

»Geht es dir ein wenig besser?«, fragte sie Pola.

Die nickte stumm.

»Ich hoffe, du nimmst es mir nicht übel, dass ich dich einfach angesprochen habe. Aber du hast mich so an meine kleine Schwester erinnert«, behauptete Finola, »und ich wollte dir irgendwie helfen.«

Pola bemühte sich um ein Lächeln. »Ich bin froh, dass ich nicht alleine nach Hause gehen muss. Da ist jetzt niemand. Und ich kann einfach an nichts anderes denken als an Dr. Burke.«

»Das versteh ich. Sonst liest man von solchen Fällen

ja nur in der Zeitung, aber wenn eine, die man kennt, so stirbt ...«

Pola nickte. »Es ist schrecklich, sich vorzustellen, dass sie ermordet wurde.«

Nun war das Wort gefallen. Mord. Das machte es Finola leichter, die nächsten Sätze zu formulieren.

»Ja, nicht wahr, man denkt dann unwillkürlich darüber nach, wer es gewesen sein könnte.«

Pola nickte.

»Und ob man den Mörder oder die Mörderin am Ende kennt.«

Pola nickte noch heftiger.

Laurie brachte die Getränke. »Mögt ihr einen Cupcake dazu?«, fragte sie. »Heute als Geschenk des Hauses.«

»Für mich gerne. Gibt es einen mit Blaubeeren?«, fragte Finola.

Laurie nickte und wandte sich an Pola. »Für dich auch einen? Wieder mit dunkler Schokolade wie beim letzten Mal?«

Aha, Laurie gab ihr zu verstehen, dass sie Pola als Kundin kannte.

Pola schüttelte den Kopf. »Ich nehm lieber auch einen mit Blaubeeren. Ich mag keine dunkle Schokolade – die waren für meinen Chef.«

Laurie warf Finola einen dankbaren Blick zu und ging zurück zur Theke, um die Cupcakes zu richten.

»Dieser Dr. McKay lässt dich tatsächlich für sich einkaufen?«, fragte Finola.

Pola nickte. »Das macht mir aber nichts. Es ist ja in der Arbeitszeit, also werde ich praktisch dafür bezahlt. Ich gehe auch manchmal für ihn auf die Post, oder letzte Woche – da hab ich was in der Apotheke besorgt.«

»Das gehört eigentlich nicht zu deiner Ausbildung, oder?«

»Natürlich nicht. Aber bei Dr. McKay kann ich so viel lernen, da macht mir das wirklich nichts aus, wenn ich mal kurz was anderes tue.«

»Dann ist er ein guter Chef?«

»Wenn man genau das macht, was er sagt, ja.« Über Polas Gesicht huschte ein Lächeln. »Er ist mir lieber als Dr. Somplatzky. Der ist zwar immer enorm nett und freundlich, aber ich trau ihm nicht. Ich glaube, der denkt oft was ganz anderes. Wie der Dr. Burke manchmal angestarrt hat. Also, wenn Blicke töten könnten …« Sie brach ab.

»Nun ja, zum Glück besteht da ja keine Gefahr. Ich meine, mit den tötenden Blicken. Ah, unsere Cupcakes. Vielen Dank.«

Laurie stellte zwei Tellerchen mit den Gebäckstücken auf ihren Tisch und verschwand umgehend wieder hinter ihrer Verkaufstheke.

»War eure oberste Chefin bei euch in der Praxis also nicht so besonders beliebt?«, erkundigte sich Finola beiläufig.

»Na ja.« Pola zuckte mit den Achseln. »Es war nicht immer einfach mit ihr. Sie hatte eine ziemlich spitze Zunge. Die haben wir alle manchmal abgekriegt, aber ich glaube, Dr. Somplatzky am meisten. Der tat mir einmal richtig leid, als sie …« Sie verstummte.

Finola biss in ihren Cupcake und wartete darauf, dass Pola weitersprach. Doch diese machte keine Anstalten, den Faden wieder aufzunehmen. Stattdessen trank sie schweigend ihren Latte macchiato.

»Und ihre Patienten?«, fragte Finola vorsichtig. »War sie eine gute Zahnärztin? Oder hast du nicht mit ihr zusammengearbeitet?«

»Ich schaue im Moment ja meistens nur der eigentlichen Zahnarzthelferin zu oder reiche ein Instrument oder sauge ab oder so. Aber ich arbeite mit allen drei Zahnärzten zusammen, das hängt immer vom Dienstplan ab. Montags bin ich morgens bei Dr. McKay und nachmittags bei Dr. Burke.« Pola schluckte.

»Das ist jetzt bestimmt für euch alle sehr schwierig. Aber Rachel und Nikki scheinen ja gut organisieren zu können. Das hilft sicher dabei, die Praxis in Gang zu halten.«

Pola nickte und nahm ihren Cupcake in die Hand. Sie sah ihn unschlüssig an und legte ihn dann wieder auf den Teller. »Ich hab irgendwie gar keinen Appetit.«

Das schien sie ehrlich zu meinen. Offenbar lehnte sie nicht ab, weil sie von den Cupcakeförmchen in Helens Müll gehört hatte. Vielleicht standen Lauries süße Versuchungen doch noch nicht unter Generalverdacht.

»Manchmal ist Zucker gut gegen Schock, oder wenn man traurig ist«, erklärte Finola.

»Vielleicht kann ich den ja mitnehmen?«

»Bestimmt.«

Pola schwieg.

Wie sollte Finola das Gespräch wieder in Gang bringen, ohne ihr das Gefühl zu geben, sie auszuhorchen?

»Hast du einen Tipp, was ich heute beachten muss, wenn ich zum Putzen gehe?«, fragte sie schließlich. »Ich möchte alles gut machen, vielleicht kann ich ja noch ein paarmal kommen und wenigstens ein bisschen was verdienen, bis ich einen richtigen Job hab. Meinst du, diese Gladys ist länger krank?«

Pola sah sie überrascht an. »Gladys ist nicht krank. Es ist nur … Sie hat Dr. Burke tot aufgefunden.«

Bingo.

»Oh, das wusste ich nicht«, behauptete Finola. »Das muss ja schlimm für sie gewesen sein.«

Pola nickte.

Verflixt, warum musste man dem Mädchen jeden Satz aus der Nase ziehen? Finola schwieg nun auch und aß ihren Cupcake zu Ende.

»Ich glaube, ich gehe jetzt. Vielen Dank für deine Zeit.« Pola stand auf.

»Vergiss deinen Cupcake nicht, lass ihn dir einpacken. Der ist wirklich lecker.«

Wieder nickte Pola nur. Sie nahm ihre Jacke und ihre Tasche und blieb zögernd stehen.

»Mir ist noch was eingefallen«, sagte sie. »Da war vor ein paar Wochen eine Patientin, die war stinkesauer auf Dr. Burke. Ms MacLean, die wollte sie sogar verklagen. Kunstfehler, hat sie gesagt. Irgendwas war mit ihrem Implantat. Und dass das ja nicht das erste Mal sei, dass sie gepfuscht hätte.«

»Ah ja.« Finola bemühte sich, nicht allzu interessiert auszusehen.

»Ich dachte nur, weil du doch vorhin gefragt hast, ob sie eine gute Zahnärztin war.«

»Danke. Aber mich wird sie nun ja nicht mehr behandeln.«

Pola schüttelte den Kopf. Sie schien wieder den Tränen nahe, und Finola verwünschte sich für ihre letzte Bemerkung.

»Dann also bye«, sagte Pola. »Danke für die Einladung.«

Finola sah ihr nach, wie sie *Laurie's Café* verließ, ohne sich noch einmal umzuschauen. Den Cupcake hatte sie stehen lassen. Vielleicht hatte sie doch von den Förmchen in Helen Burkes Müll gehört.

Finola griff nach dem Blaubeerküchlein und überlegte, dass die vielen Cupcakes der letzten Tage wahrscheinlich nicht die gesündeste Ernährung darstellten. Zumindest konnte sie davon ausgehen, dass Laurie sie bestimmt nicht vergiften würde. Schließlich wartete sie darauf, dass Finola ihr half, ihre Unschuld zu beweisen. Finola grinste unwillkürlich.

»Und, was hast du rausgekriegt?« Laurie setzte sich an den Tisch und beugte sich zu ihr.

»Dass diese Blaubeercupcakes wirklich ausgezeichnet sind.«

Kapitel 28

Laurie war von Finolas Humor nicht wirklich begeistert gewesen, hatte sich jedoch höchst zufrieden damit gezeigt, dass Finola Zugang zur *Burke Dental Clinic* und deren Angestellten gefunden hatte. Leider wusste sie, wie sie erklärte, nichts Näheres über Gladys, sodass Finola sich entschloss, eine Mittagspause zu Hause einzulegen und einfach mal ganz unschuldig Anne und Lachie nach ihr zu fragen.

Sie fand beide einträchtig über ihren Suppentellern in der Küche.

»Ah, Finola. Magst du auch eine Suppe?«, bot Anne sofort an. »Cock-a-leekie, ganz traditionell?«

Nach zwei Cupcakes war Finola zwar nicht hungrig, aber etwas Herzhaftes wie diese Hühnersuppe mit Lauch war jetzt genau das Richtige. Und es gab ihr Gelegenheit, sich zu den anderen zu setzen.

»Was macht deine Brasilianerin?«, erkundigte sich Lachie.

»Zur ersten Vorlesung ist sie heute Morgen um neun nicht erschienen. Sie hat aber nachher noch ein Seminar. Die Vermieterin sagt, sie war gestern Abend in ihrer Wohnung. Ansonsten hält sie sich bei ihrem Freund Tyler auf.«

»Gute Arbeit«, lobte Anne.

Finola ging nicht darauf ein, sondern fragte: »Habt ihr gehört, dass diese Zahnärztin – Helen Burke – tot ist? Vergiftet? Jetzt also wirklich?«

Anne nickte. »Das hat sich schnell rumgesprochen. Ihre Putzhilfe, die sie gefunden hat, ist wohl keine von der verschwiegenen Sorte. Beim Einkaufen im Waitrose war praktisch von nichts anderem die Rede.«

»Kennst du sie?«

»Wen? Die Putzhilfe? Nein.«

»Ich kenne Gladys«, sagte Lachie. »Oder eigentlich eher ihren Mann. Nicht besonders gut, aber er ist oft im *Canny Man's*, und manchmal holt sie ihn nach ihrer Arbeit ab und trinkt noch ein Gläschen mit. Ich glaube, sie hat mehrere Putzstellen.«

»Und wie geht es ihr? Weißt du das?«, erkundigte sich Finola. »Das hat sie wahrscheinlich ganz schön mitgenommen, ihre Chefin tot zu finden.«

Lachie nickte. »Bob hat mich heute Vormittag angerufen. Ihr Mann«, fügte er erklärend hinzu. »Gladys ist ziemlich hysterisch und fantasiert jetzt, dass man sie verdächtigen könnte. Da wollte er mal wissen, wie das so ist bei Verbrechen, ob er ihr sicherheitshalber mal einen Anwalt besorgen soll.«

»Das klingt aber ganz schön übertrieben! Oder traust du dieser Gladys einen Mord zu? Hätte sie denn ein Motiv?«

»Nee, ein Motiv sicher nicht. Sie verliert ja damit ihre Arbeitsstelle. Und ehrlich gesagt, Gladys ist nicht die Person, der ich die Planung für so einen Mord zutraue. Ich hab Bob dann auch entsprechend beruhigt. Ihm geraten, Gladys solle einfach mal alles für die Polizei aufschreiben, was ihr in den letzten Tagen aufgefallen ist. Damit ist sie eine Weile beschäftigt. Und vielleicht hilft's ja sogar der Polizei.«

Finola nickte. »Schon seltsam, dass Helen Burke jetzt doch vergiftet wurde. Dann war das am Donnerstag vielleicht ebenfalls keine Lebensmittelgeschichte, sondern ein erster Anschlag? Habt ihr was davon gehört, ob das Labor rausgefunden hat, was für ein Gift das war?«

»Ich hab nichts gehört«, sagte Lachie.

»Du interessierst dich, glaube ich, ein bisschen zu sehr für den Fall, Finola«, meinte Anne.

Finola zuckte mit den Achseln. »Es reden ja alle davon. So was passiert schließlich nicht jeden Tag.«

»Zum Glück.«

»Habt ihr eine Idee, wer dahinterstecken könnte? Also nur so als Gedankenübung. Jemand aus der Praxis? Ein rivalisierender Kollege? Eine unzufriedene Patientin? Verfeindete Nachbarn?«

Lachie schüttelte den Kopf. »Such nicht so kompliziert, Lassie. Die meisten Frauen werden von ihren Partnern oder Ex-Partnern umgebracht.«

Finola stutzte. »Bist du da genauer im Bilde? War sie nicht geschieden?«

Anne sah sie überrascht an. »Woher weißt du das schon wieder?«

»Ich erinnere mich nicht«, behauptete Finola. »Hat wohl irgendjemand erwähnt. Kennt ihr den Ex?«

Beide verneinten.

»Dazu passt aber nicht so richtig, dass es Gift gewesen sein soll«, gab Anne zu bedenken. »Das gilt doch eher als Waffe der Frau.«

»Damit könnte es gut davon ablenken, dass es ein Mann war«, erwiderte Finola.

»Nun, wie gut, dass es nicht unsere Aufgabe ist, das herauszufinden«, sagte Anne, stand auf und räumte ihren Teller und den Löffel in die Spülmaschine. »Ich finde solche friedlichen Aufträge wie die Überprüfung einer

Nanny oder die Observierung einer rebellischen Studentin wesentlich angenehmer. Helen Burke sollten wir getrost der Polizei überlassen.«

Kapitel 29

Auf dem Weg in ihr Zimmer wäre Finola beinahe auf Olga getreten. Die graue Katze hatte es sich auf einer der Treppenstufen gemütlich gemacht, und Finola sah sie erst im letzten Moment.

»Meine Güte, Katze, dir muss man mal ein Leuchthalsband verpassen! Was du hier machst, ist nicht nur für dich selbst gefährlich.«

Olga maunzte, und folgte Finola in ihr Zimmer. Als Finola die Tür schloss, sah sie sie missbilligend an.

»Na ja – raus oder rein?«

Olga entschloss sich, drinnen zu bleiben, und sprang auf die Fensterbank, wo sie sich zwischen die Topfpflanzen quetschte und nach draußen starrte. Der Anblick des Regens schien ihr nicht zu gefallen, denn ihr Schwanz schlug hin und her.

Finola entschloss sich zu einem kurzen Check bei ihrem freiwilligen Mitarbeiter, von dem sie nun schon eine ganze Weile nichts gehört hatte. »Antônio?«

»Hi, ja, was ist?« Seine Stimme klang irgendwie seltsam.

»Ich wollte nur kurz fragen, wie es geht. Ich kann dich gleich ablösen. Hab dann nur um sechs noch mal was vor, aber bis dahin dürfte …«

»Ja, du, ich wollte auch schon anrufen. Mir ist was dazwischengekommen. Ich … äh …«

»Was ist los? Kannst du nicht reden?«

»Genau. Du sagst es.«

Was war mit Antônio los? Den Hintergrundgeräuschen nach zu urteilen, war er in einem Café, einem Restaurant oder einem Pub.

»Kannst du mich gleich mal zurückrufen, wenn du allein bist?«

»Kann ich machen, ja.«

Eine weibliche Stimme sagte etwas. In einer fremden Sprache. Portugiesisch! Finola verstand zwar nichts, dazu waren ihre Kenntnisse zu rudimentär, und die Frau redete zu schnell, doch den Klang erkannte sie. Ihr kam ein schrecklicher Verdacht.

»Du sitzt jetzt aber nicht gerade mit Tícia zusammen?«

»Äh, ja, genau. Ich ruf später zurück.« Damit legte er auf.

Mist! Was sollte das? Er sollte Tícia observieren, nicht mit ihr Kontakt aufnehmen! Wenn man nicht alles selbst machte!

Es dauerte zehn Minuten, bis Antônio zurückrief. Zum Glück hatte sich Finola in der Zwischenzeit ein wenig beruhigt.

»Sorry, ich konnte echt nicht reden. Bin jetzt zur Toilette gegangen. Geht also nur kurz.«

Finola verdrehte die Augen. »Hast du vergessen, was observieren heißt?«

»Nein, natürlich nicht. Aber ich – es war ein dummer Zufall. Ich bin Tícia zum Einkaufen gefolgt, und da hat sie mich entdeckt. Bei den Nudeln. Und, Finola, sie hat mich wiedererkannt! Sie wusste, dass ich vorm Club mit ihr gesprochen und ihr meine Hilfe angeboten habe. Was sollte ich denn da machen?«

Finola atmete tief ein und stieß dann den Atem heftig aus. »Mist!«

»Sie hat mich zum Dank auf einen Kaffee eingeladen. Das wäre doch verdächtig gewesen, wenn ich abgelehnt hätte.«

»Ja. Aber jetzt kannst du sie nicht mehr weiter observieren. Und ich hab da noch diesen anderen Fall ...«

»Mach dir keine Sorgen, ich hab mit Tícia schon ausgemacht, dass ich sie nachher an die Uni fahre zu ihrem Seminar. Da wird sie also auf jeden Fall ankommen. Ich bleibe auch in der Nähe, falls sie nur zum Schein reingehen und gleich wieder rauskommen sollte. Du kannst das getrost mir überlassen. Ich hab alles im Griff.«

Finola stöhnte. »Ich komme in Teufels Küche, wenn hier irgendwas schiefgeht!«

»Hier geht nichts schief. *Tudo bem.* Und jetzt muss ich gehen.« Er legte auf.

Finola schob ihr Handy beiseite, ging zum Fenster und vergrub ihre Finger in Olgas weichem Fell.

»Männer!«

Kapitel 30

Finola schlug die Augen auf und versuchte sich aufzurichten. Das schwere Etwas auf ihrer Brust erwies sich als Katze. Sie erinnerte sich, dass sie sich in ihrem Frust über Antônios mangelnde Professionalität aufs Bett gelegt hatte und sich bemüht hatte, zu meditieren, um wieder zur Ruhe zu kommen. Sie erinnerte sich auch, dass Olga sich auf ihre Beine begeben und geschnurrt hatte, aber dann musste sie eingeschlafen sein.

Ein Blick auf die Uhr ließ sie Olga hastig zur Seite heben und aufspringen. Halb sechs. In einer halben Stunde sollte sie in der Zahnarztpraxis sein. Gut, es war nicht weit, aber sie musste sich noch umziehen, oder? Nein, eigentlich nicht. Jeans und Shirt passten auch als Reinigungskraft. Und man wusste ja ohnehin schon, wie sie aussah, also war eine Verkleidung nicht nötig.

Finola trank schnell noch ein paar Schlucke aus ihrer Wasserflasche und versuchte erfolglos, Olga aus ihrem Zimmer zu bugsieren. Na gut, dann würde sie die Tür einen Spalt auflassen. Wieder einmal.

Im Laufschritt erreichte sie die *Burke Dental Clinic* um fünf vor sechs.

Drinnen war Nikki noch dabei, mit einem Patienten einen Termin zu vereinbaren. Er schien der letzte zu sein, denn als er die Praxis verließ, begleitete Nikki ihn zur Tür und schloss hinter ihm ab. Den Schlüssel ließ sie stecken.

»Du bist also tatsächlich gekommen. Und pünktlich«, sagte Nikki.

»Es war doch so abgemacht.«

»Och, hast du eine Ahnung, wie viele Leute ihre Abmachungen und Termine nicht einhalten? Komm mit, ich zeig dir, wo du alles findest.«

Die Putzutensilien standen neben einem tiefen Waschbecken hinter einer Tür in einem Raum voller Schränke, von dem eine weitere Tür abging.

»Das da ist der Sterilisationsraum«, erklärte Nikki und wies auf die Tür. »Da brauchst du bloß den Boden zu wischen. Überhaupt, alles was Geräte betrifft, machen die Fachleute. Deine Aufgabe sind die Böden, ein bisschen allgemeines Saubermachen im Wartezimmer und vorne an der Rezeption. Und natürlich in den Toiletten. Und wenn du noch die Küche schaffst, wäre das toll. Die hat Gladys beim letzten Mal nicht mehr geputzt, da musste sie früher weg.«

»Wann war sie denn zuletzt hier?«

»Am Donnerstag. Sie kommt immer montags und donnerstags um sechs.«

Donnerstag. An dem Abend war Helen mit Vergiftungssymptomen ins Krankenhaus gekommen. Konnte da ein Zusammenhang bestehen? Nur weil Gladys jetzt angeblich unter Schock stand, war ja nicht ausgeschlossen, dass sie ihre doppelte Arbeitgeberin um die Ecke gebracht hatte. Hatte Finola nicht irgendwo gelesen, dass die Person, die eine Leiche fand, als besonders verdächtig galt?

»Gut. Dann fang ich mal an. Wie lange hab ich Zeit?

Ich meine – ich möchte nicht gerade hier eingeschlossen werden.«

Nikki lachte. »Keine Angst. Wir sind noch ein Weilchen da. Rachel muss die Instrumente sterilisieren, und ich hab Bürokram zu machen. Morgen kommt meine Kollegin – ich arbeite eigentlich nur an drei Tagen die Woche. Letzte Woche musste ich aber die ganze Zeit da sein, weil die Kollegin krank war. Dafür hab ich den Rest dieser Woche frei.«

»Wie schön!«

»Ja, aber natürlich sind noch ein paar Dinge vorzubereiten und aufzuschreiben, damit alles klappt. Gerade jetzt.«

»Das ist wirklich eine schwierige Situation.« Finola hob leicht die Stimme am Ende des Satzes wie bei einer Frage, aber Nikki ging leider nicht darauf ein.

Also füllte Finola Wasser in den Eimer, goss Putzmittel dazu, zog Handschuhe an und machte sich auf den Weg durch die Praxis. Sie öffnete die Tür zum Raum mit der Nummer drei.

»Oh, Entschuldigung.«

Einer der Zahnärzte stand mit dem Rücken zu ihr am Fenster. Er drehte sich überrascht um. »Wer sind denn Sie?«

»Die Vertretung für Gladys«, erklärte Finola. »Ich wusste nicht, dass hier noch jemand ist, Dr. Somplatzky, ich komme dann später.«

»Das wäre nett, ja.« Er drehte sich wieder um, und Finola schloss die Tür.

Richtig geraten. Das also war Dr. Somplatzky. Er hatte eigentlich ein freundliches, offenes Gesicht, doch sein Blick war sehr misstrauisch gewesen. Sie konnte sich gut vorstellen, dass er tatsächlich ganz andere Gedanken hegte, als er vorgab.

Bevor sie die Tür zur Nummer eins öffnen konnte, um Dr. McKay zu überraschen, kam dieser schon herausgestürmt.

»Also, ich tu ja mein Möglichstes. Mir hat es auch nichts ausgemacht, heute Patienten von Helen zu übernehmen und länger zu bleiben, aber verschont mich gefälligst von nun an mit solchen Patientinnen wie dieser ...« Er blieb verblüfft vor Finola stehen. »Was machen Sie hier?«

»Ich putze.«

»Ach so, ja. Gladys ...«

»Es geht ihr nicht gut«, erklärte Finola.

»Verstehe. Dann also – bye, ich bin weg!« Er stürmte auf die Ausgangstür zu, drehte den Schlüssel und verließ das Haus im Laufschritt.

Nikki stand auf und schloss wieder ab.

»Ziemlich temperamentvoll, dieser Dr. McKay«, bemerkte Finola. »Ist der immer so?«

Nikki zog eine Grimasse und ging schweigend zurück an ihre Arbeit. Nun, das war auch eine Antwort.

Kapitel 31

»Kannst du dir vorstellen, dass der Somplatzky die Chefin vergiftet hat?«

»Nee, nicht wirklich. Obwohl er sicher genug Gründe hatte, sie zu hassen. Die hat ihn doch förmlich gemobbt.«

Finola blieb stehen und stellte leise den Eimer ab. Um die Ecke in der Küche sprachen zwei Frauen. Die mit dem nordenglischen Akzent hörte sich nach Rachel an.

»Na, ich könnte mir schon vorstellen, dass er Gift über meine Pizza streut, weil er genau weiß, wer hier immer alles aufisst, was übrig bleibt!«

»Lindsey!«

»Na, ist doch wahr. Sogar mein angefangener Joghurt aus dem Kühlschrank war neulich leer. Und der ist bestimmt nicht verdunstet.«

Wer war Lindsey? Auf jeden Fall eine weitere Angestellte. Wahrscheinlich diejenige, von der die Meeresfrüchtepizza stammte, die Helen am Donnerstag gegessen hatte, bevor sich die ersten Vergiftungserscheinungen gezeigt hatten.

»Kann ich mir nicht vorstellen. Deine Pizza zu vergiften wäre viel zu riskant gewesen. Hätte zu leicht jemand anderen treffen können.« Rachels Stimme klang zweifelnd. »Und wie soll er die zweite Vergiftung hingekriegt haben – am Wochenende?«

»Mit einem kleinen Geschenk? Pralinen oder noch besser: einer Flasche Wein. Da kann man doch sicher das Gift ganz leicht durch den Korken spritzen. Und das Ganze am besten anonym, als Dank eines Patienten.«

»Pass bloß auf, dass dich niemand hört, sonst verhaften die dich gleich!«

Finola zögerte. Sollte sie weiter zuhören oder hineingehen und sich diese Lindsey anschauen? Vielleicht war sie ja selbst diejenige, die den eben so locker vorgeschlagenen Plan tatsächlich ausgeführt hatte? Am Ende mit Lauries Cupcakes? Wenn sie da welche in die Küche gestellt hatte …

»So, ich bin weg«, sagte Rachel. »Muss noch einkaufen.«

Jetzt oder nie. Finola griff nach ihrem Putzeimer, eilte um die Ecke und stieß fast mit Rachel zusammen, die in Jacke und Schal die Küche verlassen wollte.

»Oh, sorry. Ich will nur schnell noch hier durchwischen!«, erklärte Finola und wandte sich an die dunkelhaarige Frau, die mit einem Kaffeebecher in der Hand am Tisch saß. »Ich bin Finola. Ich vertrete heute Gladys.«

»Ach ja, die wird jetzt erst mal allen von ihrer schrecklichen Entdeckung heute Morgen erzählen müssen!« Sie lachte. »Übrigens, ich bin Lindsey. Ihre Spezialistin für professionelle Zahnreinigung.«

»Tolle Werbestimme!«, sagte Finola.

»Okay, ich bin jetzt echt weg. Bye!« Rachel verließ die Küche.

Finola stellte den Eimer ab und lehnte den Wischmopp an den Küchenschrank. »Soll ich hier erst mal die Tassen spülen?«

»Quatsch, wir haben 'ne Spülmaschine«, erklärte Lindsey und zeigte auf das Gerät. »Die meisten Leute sind allerdings nicht fähig, ihre Tassen da hineinzupacken!«

»Umso besser!« Finola öffnete die Spülmaschine und begann, das herumstehende Geschirr hineinzuräumen. »Hab heute nämlich noch was anderes vor. Ich bin nur als Notdienst eingesprungen. Scheint bei euch hier ja gerade alles ein wenig drunter und drüber zu gehen.«

»Nicht wirklich. Ist auch entlastend, wenn die Chefin nicht da ist. Also, versteh mich nicht falsch, aber die konnte mit ihren bissigen Bemerkungen schon ganz schön nerven.«

Seltsam. Ihr gegenüber hatte Helen sich anders gezeigt. Aber da war natürlich auch die Situation anders gewesen. Finola war keine ihrer Angestellten, sondern eine Frau, die ihr gegen Schmerzen geholfen hatte. Nur diese eine Bemerkung über ihre Scheidung hatte verbittert geklungen.

»Meinst du, ihre Ehe ist deshalb schiefgegangen? Weil sie so spitzzüngig war?«, fragte Finola wie nebenbei.

»Was weiß denn ich?«

»Ach so, du kennst wahrscheinlich ihren Ex gar nicht.«

»Doch, klar kenn ich Cameron und Tessa. Bin ja schon zehn Jahre hier in der Praxis. Da kriegt man einiges mit.«

»Tessa?«

»Ihre Tochter. Die studiert jetzt in St Andrews. Scheiße, ich hab noch gar nicht dran gedacht, wie die das wohl aufnimmt. Obwohl sie ja eigentlich von Cameron aufgezogen wurde und gar nicht so viel mit Helen zu tun hatte. Die war mehr so die Karrierefrau.«

»Wie ungewöhnlich! Das wusste ich gar nicht.«

Finola ließ heißes Wasser in das Spülbecken, fügte einige Spritzer Reinigungsmittel hinzu und tauchte das Putztuch hinein. Dann begann sie, die Oberflächen abzuwischen. Die meisten Leute fühlten sich dabei entspannt, anderen bei solch einer Arbeit zuzusehen, also würde Lindsey hoffentlich weiterreden.

»Nach der Pleite von Camerons Restaurant hat sich das so eingespielt. Damals hatte Helen gerade diese Praxis eröffnet, also übernahm sie das hauptsächliche Geldverdienen für die Familie. Cameron ist zu Hause geblieben und hat sich um Tessa gekümmert. Und nebenbei ist er Taxi gefahren. Ich glaube, das macht er jetzt auch noch.«

»Meinst du, das war schwer für ihn? Manche Männer haben ja andere Rollenbilder im Kopf?«

»Ich glaube nicht, dass Rollenbilder das Problem waren. So kam er mir nicht vor. Aber bei der Scheidung im Frühjahr war er ziemlich sauer, weil seine Familienarbeit nicht finanziell anerkannt wurde. Ging ihm eben wie sonst den Frauen.«

»Im Frühjahr? Ich dachte, die beiden wären schon viel länger geschieden.«

»Bist du fertig, Finola?« Nikki stand plötzlich an der Tür. »Oh, Lindsey, du bist ja auch noch da. Hast du kein Zuhause?«

Lindsey sah auf ihre Armbanduhr. »Doch, und so langsam dürfte mein Chauffeur auch da sein. Mein Mann holt mich ab, ich habe nämlich keine Lust, durch den Regen zu laufen.«

Sie stand auf und räumte ihren Becher in die Spülmaschine. Dann griff sie nach ihrer Jacke und der Tasche, die über der Stuhllehne hingen, und verabschiedete sich mit einem kurzen »See you«.

»Ich wisch nur noch schnell den Boden hier«, sagte Finola zu Nikki. »Ansonsten bin ich durch.«

»Sehr gut, danke. Komm dann nach vorn, ich hab dein Geld da. So kommen wir ja einigermaßen früh raus.«

Finola beeilte sich, und kurze Zeit später verließ sie mit Nikki die Praxis.

»Kannst du mir sagen, wie ich Gladys erreiche?«, erkundigte sie sich. »Vielleicht kann ich ja noch einen anderen Job für sie übernehmen?«

Nikki schüttelte den Kopf. »Darf ich nicht. Datenschutz!«

»Ach ja. Gut. Falls ihr mich noch mal braucht, ruf einfach an«, sagte Finola der Form halber.

Schließlich konnte sie Lachie nach Gladys fragen. Sie musste dabei allerdings geschickt und diskret vorgehen, damit er nicht merkte, dass sie außer Tícia noch einen anderen Fall im Kopf hatte.

Bis zu Gladys' nächstem Putztermin in der Praxis würde die Polizei hoffentlich den Mord an Helen Burke ohnehin aufgeklärt haben. Vielleicht sollte sie *DI* Mac-Farlane einen anonymen Tipp geben, sich diesen Dr. Somplatzky näher anzuschauen? Und am besten auch die mordideenreiche Lindsey. Diese Ms MacLean mit ihrem verpfuschten Implantat. Und Gladys und den Ex-Ehemann natürlich. Aber darauf würde MacFarlane von alleine kommen. Und sicher würde Cameron Burke seiner Tochter doch nicht die Mutter nehmen?

Finola seufzte. Irgendwie gab es zu viele Verdächtige. Sie konnte unmöglich allen Spuren nachgehen. Und sie hatte eigentlich genug andere Sorgen. Von Antônio hatte sie seit Stunden nichts mehr gehört!

Kapitel 32

Finola bog gerade in die Albert Terrace ein, als ihr Handy klingelte.

»Hi, Laurie.«

Eine Nachricht von Antônio wäre ihr jetzt lieber gewesen.

»Hast du schon was rausgefunden?«

»Ein bisschen. Aber wenn du die Mörderin oder den Mörder suchst, musst du wohl warten, bis die Polizei fündig wird. Ich weiß ja nicht mal, woran die Frau gestorben ist und wann genau.«

»Ich hab mich umgehört. Am Sonntag hat sie schon niemand mehr gesehen! Obwohl sie eigentlich sonst morgens ins Fitnessstudio geht – ging.«

»Ich war am Samstag von zwölf bis halb eins bei ihr.«

»Da haben wir es doch schon gut eingegrenzt.« Lauries Stimme klang optimistisch. »Jetzt musst du nur noch rauskriegen, was sie am Samstagnachmittag und -abend gemacht hat. Wen sie da getroffen hat. Oder wer sie besucht hat.«

»Sie hatte was von ›ganz ruhiges Wochenende‹ gesagt, also vielleicht hat sie das Fitnessstudio am Sonntagmorgen auch nur geschwänzt. Wir sollten wirklich abwarten.«

»Aber wäre es nicht besser, wir hätten schon eine grobe Vorstellung …?« Laurie ließ einfach nicht locker.

»Bestimmt hast du eine Idee, wen ich da fragen könnte.« Finola musste an sich halten, damit ihre Stimme nicht allzu ironisch klang.

»Natürlich. Gladys!«

»Ihre Putzhilfe, die sie gefunden hat?«

»Genau die.«

»Du kennst sie?«

»Klar, sie kauft manchmal bei mir. Neulich hat sie eine ganze Ladung Cupcakes mitgenommen, als Tessa Geburtstag hatte.«

»Tessa. Du meinst sicher Helens Tochter.« Finola blieb stehen.

»Ja. Warum klingst du so – so sauer?«

»Weil du heute Mittag gesagt hast, du weißt nichts Näheres über Gladys. Und weil ich jetzt fast zwei Stunden in der *Burke Dental Clinic* geputzt habe für Informationen, die du mir am Telefon in zwei Sekunden hättest geben können.«

»Oh, sorry. Ich war irgendwie ein bisschen durch den Wind. Und ich kenne sie ja auch wirklich nicht näher.«

Finola verdrehte die Augen. »Also. Wo finde ich Gladys?«

»Ich weiß nicht, wo sie wohnt, aber morgen früh von acht bis zehn putzt sie bei Cameron Burke.«

»Helens Ex-Mann. Hast du von dem wenigstens eine Adresse?«

»Ja, klar. Der wohnt hinter dem Schwimmbad in der Thirlestane Road, bei der Nummer bin ich nicht sicher, aber die Haustür ist gelb.«

Kapitel 33

Anne legte den Hörer auf. Senhor Machado hatte ihr versichert, wie zufrieden er mit der Arbeit von *MacTavish & Scott* war. Doch was seine Tochter betraf, war er ziemlich unglücklich, das konnte sie leicht heraushören.

Es war nicht einfach als Vater oder Mutter. Zum Glück hatten Sean, Aidan und Iain ihr und Malcolm wenig Sorgen bereitet. Manchmal bedauerte sie es, dass alle drei Söhne weit entfernt lebten, aber alle gingen ordentlich ihrem Beruf oder Studium nach, Sean hatte eine nette Verlobte, und irgendwie war es ja auch gut, dass sie ihr nicht ständig auf der Pelle hingen. Ihre Aufgabe als Mutter war es gewesen, die Kinder so zu erziehen, dass sie selbstständig und frei leben konnten. Diese Aufgabe hatte sie erfüllt.

Was war wohl bei Tícia schiefgelaufen, dass sie so über die Stränge schlug und, wie es aussah, ihr Studium aufgegeben hatte, um sich mit einem Studenten, der keiner war, herumzutreiben, sich zu betrinken und Drogen zu nehmen?

Die Haustür wurde aufgeschlossen, durch die offene Bürotür sah Anne Finola ins Haus kommen und ihre Jacke aufhängen.

»Hi. Regnet es noch?«, rief sie ihr entgegen.

»Ja, und wie!« Finola schlüpfte aus ihren Schuhen und stellte sie in die Abtropfschale unter der Garderobe.

»Möchtest du einen Tee?«, fragte Anne. »Oder eher was Höherprozentiges?« Ein gemütliches Schwätzchen mit Finola war jetzt eigentlich genau das Richtige.

Finola zögerte. »Ich bin so nass, muss mich erst umziehen.«

»Gut, treffen wir uns in ein paar Minuten in der Küche.«

Finola schien erneut zu zögern, dann aber nickte sie und stieg die Treppe hinauf.

Anne erhob sich, um in die Küche zu gehen und Wasser aufzustellen. Irrte sie sich, oder hatte Finola wenig Lust gezeigt, sich mit ihr zusammenzusetzen? Nun, sie brauchten ja keine lange Sache aus ihrem Küchentreff zu machen. Wahrscheinlich hatte Finola anderes im Kopf – diesen brasilianischen Freund zum Beispiel. Die beiden schienen sich recht nahegekommen zu sein.

Anne lächelte. Ein brasilianischer Freund, ein brasilianischer Klient – das südamerikanische Land zeigte sich *MacTavish & Scott* gegenüber gerade sehr freundlich.

Finanziell ging es ihnen diesen Monat auch deutlich besser als im letzten, hoffentlich hielt diese Tendenz an. Wenn alles gut lief, konnte sie Finola nach dem Machado-Auftrag endlich ein paar Tage in ihrem eigenen Fall nach York schicken.

Finola erschien mit feuchten Haaren, aber in trockener Jeans und einem warmen Pullover.

»Viel Zeit habe ich nicht, bin gleich mit Antônio verabredet.«

Mhm. Der Tonfall klang nicht nach einem Rendezvous. Eher nach einer klärenden Diskussion.

»Bei dem Wetter fällt seine Ghost Tour aus«, erklärte Finola, »hat er mir gerade geschrieben.«

»Ist das nicht genau das richtige Wetter für Geister und Untote?«

Annes Scherz rief bei Finola nur ein Stirnrunzeln hervor.

»Das schien die italienische Reisegruppe, die die Tour gebucht hat, anders zu sehen«, sagte sie.

»Okay, wenn nicht Zeit für beides ist – Tee oder Whisky?«

»Whisky.«

Oho! Anne drehte sich schnell zum Schrank, bevor Finola ihr Grinsen sehen konnte. Sie wollte heute Abend lieber nicht in Antônios Haut stecken.

Kapitel 34

Der Wind hatte den Regen erfolgreich vertrieben. Er blies an diesem Morgen kalt durch Straßen und Gassen und ließ niemanden vergessen, dass es Herbst und Edinburgh eine Stadt im Norden Europas war.

Finola atmete tief ein und aus, als sie zu Cameron Burkes Haus marschierte. Eigentlich war sie gestern Abend fest entschlossen gewesen, auf das heutige Gespräch mit Gladys zu verzichten. Schließlich war Helens Tod nicht wirklich ihr Fall. Und Antônio wollte sie Tícias Überwachung nicht mehr anvertrauen.

Aber dann hatte er sie so darum gebeten, seinen Fauxpas wiedergutzumachen, dass sie sich hatte breitschlagen lassen. So war er heute Morgen wieder unterwegs, um zu sehen, ob Tícia ihre Uni-Veranstaltungen besuchte. Und sie war unterwegs, um Gladys abzupassen.

Die gelbe Tür zu finden war kein Problem, es war die einzige weit und breit in dieser Farbe. Finola stellte sich ein Stück weiter an den Straßenrand zwischen zwei parkende Autos und beschäftigte sich vorgeblich mit ihrem Handy.

Als ein paar Minuten später eine Frau in einem grauen Mantel und mit einer rostroten Mütze auf das beobachtete Haus zusteuerte, steckte sie das Handy ein, bog auf den Bürgersteig und ging ihr entgegen, als wäre dies ohnehin ihr Weg.

»Oh, Entschuldigung. Sind Sie nicht Gladys?« Finola blieb stehen und spielte die Überraschte. »Was für ein Zufall!«

Gladys runzelte die Stirn.

»Ich bin Finola – ich bin gestern in der Praxis für Sie eingesprungen. Und ich bin eine Freundin von Laurie aus dem Café!«

Gladys' Gesicht entspannte sich. »Die Kleine mit den Cupcakes. Ja, die kenn ich.«

»Sie hat mir gestern erst erzählt, dass Sie eine ihrer netten Kundinnen sind«, plauderte Finola weiter. »Und wir haben uns ein wenig Sorgen um Sie gemacht, wie es Ihnen nach der schrecklichen Entdeckung jetzt wohl gehen mag. Auch in der Praxis denken alle an Sie.«

Wenn Gladys tatsächlich so gerne tratschte, würde sie hoffentlich darauf anspringen.

»Oh, es geht mir schon besser, gestern war es ja wirklich ganz furchtbar.« Gladys schüttelte den Kopf. »Die arme Frau Dr. Burke!«

»Falls Sie in den nächsten Tagen noch Schwierigkeiten haben, Ihre Arbeit zu machen, wenden Sie sich gerne an mich, ich kann noch mal einspringen«, sagte Finola und begann, in ihrer Tasche zu kramen. »Ich schreib Ihnen schnell meine Nummer auf.«

»Nein, nein, das ist nicht nötig. Es geht schon wieder. Es war nur so ein Schock. Ich habe wie immer zuerst die Küche gemacht und bin danach ins Wohnzimmer. Normalerweise ist Frau Dr. Burke um die Zeit ja beim Einkaufen, aber da lag sie …«

Gladys hielt die Luft an und schüttelte dann den Kopf.

»Der angefangene Sonntagswein stand noch auf dem Tisch ...«

»Sonntagswein?«

Gladys nickte. »Dr. Burke hat eigentlich nie Alkohol getrunken. Nur am Sonntagabend machte sie immer eine Flasche Rotwein auf. Um das Ende der Woche zu feiern, hat sie gesagt.«

»Ach, dann hat sie also am Sonntagabend noch gelebt?«

Gladys nickte. »Muss sie wohl. Die Polizei hat natürlich alles mitgenommen, was sie getrunken und gegessen hat. Also, ich meine die Flasche und ihr Glas und den Teller und so.«

»Und die Cupcakeförmchen«, ergänzte Finola. »Das hat Laurie mir erzählt.«

Gladys nickte. »Ich kann mir eigentlich nicht vorstellen, dass die Cupcakes ...«

»Wissen Sie zufällig, woher diese Cupcakes kamen? Laurie hat gesagt, sie hätte Dr. Burke in den letzten Tagen gar keine verkauft.«

»Vielleicht hat sie sich welche aus der Stadt mitgebracht? Ich glaube, *Marks & Spencers* hat so was auch. Sie war sehr für so'n Süßkram. Ich kann mir ja nicht vorstellen, dass die Cupcakes ... Aber die Polizei muss wohl allem nachgehen.«

»Sie haben ja so recht, Gladys. Man weiß nie. Die arme Dr. Burke. So ganz allein zu sterben. Vielleicht hätte sonst noch jemand Hilfe holen können, als sich die ersten Vergiftungserscheinungen zeigten.«

Gladys nickte betrübt.

Aha. Helen hatte also wohl keinen Besuch gehabt. Zumindest keinen offensichtlichen, der schmutziges Geschirr oder ähnliche Spuren hinterlassen hatte. Ob das

Gift im Wein gewesen war? Durch den Korken eingespritzt, wie Lindsey es vorgeschlagen hatte?

»So, ich muss aber jetzt mal«, sagte Gladys und wies mit ihrem Kinn in Richtung der gelben Tür. »Mr Burkes Wohnung. Er kommt nachher mit Tessa aus St Andrews, da will ich alles tipptopp fertig haben.«

»Selbstverständlich, entschuldigen Sie bitte, dass ich Sie aufgehalten hab. Es war nur ... Oh, die arme Tessa!«

Finola tat, als wäre ihr erst jetzt mit Schrecken eingefallen, dass Helen eine Tochter hatte.

Gladys nickte. »Und der arme Mr Burke. Gerade hatten die beiden sich wieder ein wenig angenähert. Das hat mich so gefreut, weil – eigentlich ist er doch so ein netter Mann. Am Freitag hat er sie sogar zum Essen eingeladen, um ihr zu helfen, den Schock vom Donnerstag zu überwinden.«

Finola sah sie fragend an.

»Am Donnerstag ist sie doch schon mal vergiftet worden!«, erklärte Gladys ein wenig ungeduldig.

»Ich weiß, ja, aber ist es nicht etwas seltsam, jemanden, dessen Magen wahrscheinlich nicht in Ordnung ist, zum Essen einzuladen?«

»Da wird Mr Burke schon das Richtige gekocht haben. Irgendwas Leichtes. Vielleicht sein Pilzrisotto, das mochte Dr. Burke so gerne. Er hatte ja früher ein tolles Restaurant in der Old Town und ist ein hervorragender Koch. So, nun muss ich aber.«

Gladys nickte zum Abschied und schritt energisch auf die gelbe Haustür zu. Sie schloss auf und verschwand im Inneren des Gebäudes.

So richtig zufrieden war Finola mit den Informationen, die sie Gladys entlockt hatte, nicht. Der kochende Ex-Ehemann, der mit Helen um Geld gestritten hatte, wäre ein schöner Verdächtiger gewesen. Vor allem mit einem Pilzgericht. Aber Helen hatte am Freitag bei ihm gegessen und war erst am Sonntag gestorben.

Das passte leider nicht.

Kapitel 35

Als Finola *Laurie's Café* betrat, sprang diese erfreut auf.

»Bist du deine einzige Kundin?«, fragte Finola und deutete auf Lauries Kaffeetasse und den angebissenen Schoko-Cupcake auf dem Tischchen, an dem ihre Freundin gesessen hatte.

»Zwei Leute haben was zum Mitnehmen gekauft. Müssen Touristen gewesen sein. Oder Leute, die gern russisches Roulette spielen.« Laurie zog eine Grimasse. »Aber ich hab für heute ohnehin nicht viel gebacken.«

»Gut, dann bring mir mal was Leckeres, was du loswerden willst. Mit Latte macchiato.« Finola setzte sich an den Tisch mit Lauries Gedeck.

»Hast du mit Gladys gesprochen?«, fragte Laurie von hinter der Theke.

»Ja, ich hab sie wie zufällig abgepasst und so getan, als ob ich sie über dich irgendwie schon länger kenne. Und natürlich hab ich ihr gesagt, dass ich sie in der Praxis vertreten habe. Das scheint genug gewesen zu sein, um mir vertrauensvoll zu erzählen, dass Helen am Sonntagabend noch lebte und alleine Wein getrunken hat. Ihren sogenannten Sonntagswein.«

»Und da war das Gift drin?«

»Woher soll ich das wissen? Ich hab keinen Zugang zu den Untersuchungsergebnissen der Polizei.«

Laurie brachte Finolas Bestellung und setzte sich zu ihr. »Einmal Blaubeere und einmal Regenbogen«, erklärte sie das bunte Küchleinwunder neben Finolas Lieblingscupcake. »Dann hast du also nichts rausfinden können?«

»Laurie, was stellst du dir eigentlich vor? Ich schaue mir zehn Verdächtige an und bemerke, dass einer ein besonderes Muttermal hat oder seltsam zuckt, und habe damit den Mörder? Du liest definitiv zu viele Krimis! Und dann noch die falschen! Ich konnte ja auch nicht allzu lange mit Gladys sprechen. Sie war in Eile, wollte Cameron Burkes Wohnung fertig haben, bevor er mit der Tochter aus St Andrews kommt.«

Laurie spielte mit ihrer Kuchengabel und legte sie schließlich wieder zur Seite. »So ein Mist.«

»Wusstest du übrigens, dass Helen und ihr Mann gar kein so schlechtes Verhältnis mehr hatten wie direkt nach der Scheidung? Er hat am Freitag sogar für sie gekocht. Hat mich gewundert, als Gladys das erzählt hat. Am Samstagmorgen bei der Massage klang Helen ja ein wenig bitter, was ihre Ehe betraf, fand ich.«

»Na, das eine schließt das andere nicht aus, oder? Vielleicht wollten sie sich als Eltern von Tessa nicht dauerhaft bekriegen. Und Cameron Burke soll ja ein toller Koch sein.«

»Das hat Gladys auch gesagt und …«

In diesem Moment öffnete jemand die Tür zum Café, und Finola und Laurie sahen auf.

»*DI* MacFarlane!« Laurie erhob sich.

»Bleiben Sie nur sitzen«, sagte die Polizistin. »Obwohl, nein, bringen Sie mir einen Pfefferminztee. Und so ein Ding da.« Sie deutete auf einen der Cupcakes. »Ich mache jetzt nämlich meine Mittagspause. Hallo, Ms MacTavish.«

MacFarlane zog sich einen Stuhl vom Nebentisch heran und setzte sich neben Finola.

»Ich gehe mal davon aus, dass Sie mit Sicherheit wissen, dass Lauries Cupcakes nicht vergiftet sind oder waren?«, fragte diese.

»Sie sagen es, Ms MacTavish, Sie sagen es.«

»Dann muss es also der Wein gewesen sein!«, platzte Laurie heraus.

DI MacFarlane runzelte die Brauen.

»Gladys, die Putzhilfe, ist auch Kundin in *Laurie's Café*. Sie hat von Helen Burkes Sonntagswein gesprochen«, sagte Finola schnell, bevor Laurie sich weiter verplappern konnte.

Es war nicht gut, wenn die Polizistin erfuhr, dass Finola gegen ihre ausdrückliche Anweisung geschnüffelt hatte. Sollte sie doch glauben, Gladys wäre hier gewesen.

»Ah. Nun, der Wein war ebenfalls nicht vergiftet.«

»Und wo war dann das Gift drin?«, fragte Laurie.

MacFarlane zögerte. »Wir haben in den Nahrungsmitteln kein Gift gefunden«, sagte sie schließlich.

»Und woran ist Helen Burke gestorben?«, fragte Finola.

MacFarlane legte den Kopf schräg und sah sie an. »Glauben Sie wirklich, ich sage Ihnen mehr dazu?«

»Nein.«

»Na also.« MacFarlane wandte sich zufrieden ihrem Cupcake zu.

»Ach ja, und – Miss Anderson. Richten Sie mir bitte noch einen Cupcake zum Mitnehmen. Aber in einer ganz großen Schachtel. Damit man, wenn ich gehe, sieht, wie viel Vertrauen die Polizei in Ihre Backkunst hat!«

Laurie stand auf. Sie strahlte. »Sehr gerne!«

»Und Sie, Ms MacTavish? Was machen Sie derzeit so, wenn Sie nicht ihre Freundin unterstützen?«

»Ich observiere jemanden für einen Klienten. Aber glauben Sie wirklich, ich sage Ihnen mehr dazu?«

»Nein.« MacFarlane lächelte. »Es ist doch gut, dass unsere Fälle sich nicht berühren. So sollten wir es auch in Zukunft beibehalten.« Sie steckte den letzten Bissen in den Mund und trank dann einen Schluck Pfefferminztee.

»Selbstverständlich. Jetzt, wo *Laurie's Café* frei von jeglichem Verdacht ist, werden wir Sie wohl ohnehin nicht mehr hier sehen.«

»Och, wer weiß? Das Café ist doch sehr nett für eine kleine Pause.«

Finola schwieg. Leider konnte sie die Fragen in ihrem Kopf nicht unterdrücken. Wie war Helen gestorben, wenn niemand sie vergiftet hatte? Das Letzte, was sie zu sich genommen hatte, war der Wein gewesen. Oder handelte es sich um ein so seltenes Gift, dass man es nicht bestimmen konnte? Gab es so etwas überhaupt?

»Woran denken Sie?«, fragte MacFarlane.

»An den Wein«, gab Finola zu.

»Vergessen Sie endlich den Wein, da war nichts drin, was da nicht reingehörte. Alles weitere wird unser Gerichtsmediziner schon noch herausfinden. Und …«

Das aufdringliche Summen von MacFarlanes Handy unterbrach sie.

»Croft?«

Finola und Laurie tauschten einen Blick. *DS* Croft, der Anruf war also dienstlich.

»Moment, ich bin gerade … ich geh mal raus«, sagte MacFarlane und erhob sich.

Laurie eilte zur Tür und hielt sie ihr auf.

»Sie geht um die Ecke in die Gasse«, flüsterte sie. »Beeil dich – vom Klo aus kann man hören, was dort gesprochen wird. Das Fenster ist ein Stück offen!«

Laurie wies auf die Tür hinter der Verkaufstheke, und Finola eilte in den kleinen Gang, der zur Toilette und zum Treppenhaus führte. Vorsichtig öffnete sie die Toilettentür und ging hinein. Die Tür gab zum Glück kein Geräusch von sich. Sicherheitshalber legte sie hinter sich leise den Riegel vor.

Die Stimme MacFarlanes war deutlich zu hören.

»Was soll das heißen? … Ein Medikament? Disulfi…, Disulfiram. Ich verstehe. … Krebs? … Kein Krebs? Aber … nein, von Alkoholproblemen hat niemand was erwähnt … ja … gut. Ja, bin in zehn Minuten da.«

Dies schien das Ende des Gesprächs zu sein, also beeilte sich Finola, ihren Lauschposten zu verlassen. Sie schaffte es, hinter der Theke zu stehen, bevor MacFarlane wieder das Café betrat.

»So, und ich muss los. Ms Anderson, was bekommen Sie dafür?« MacFarlane nahm die große weiße Schachtel entgegen, die ihr Finola reichte, als wäre sie nur aus diesem Grund ins Café gekommen.

»Gar nichts, danke!«

»Gut, da ich ohnehin nicht bestechlich bin, nehme ich das ausnahmsweise an. Und jetzt machen Sie mal ein bisschen Brimborium bei meiner Verabschiedung an der Tür, damit die Leute das mitkriegen! Und nennen Sie mich laut Detective Inspector für die Schwerfälligeren im Geiste!«

Strahlend hielt Laurie der Polizistin die Tür auf und tat wie ihr geheißen.

Keine fünf Minuten später kamen die ersten beiden Gäste ins Café, und ein Mann kaufte vier Cupcakes zum Mitnehmen.

Kapitel 36

Während Laurie frohgemut ihre Gäste bediente, saß Finola am hintersten Tischchen und versuchte, etwas über das Mittel herauszufinden, das *DI* MacFarlane erwähnt hatte. Disulfiram. Es handelte sich, wie sie ergoogeln konnte, um ein Medikament, das für Krebserkrankungen allerdings erst im Forschungsstadium war. Interessanter fand Finola, dass Disulfiram zur Unterstützung der Abstinenz bei Alkoholabhängigkeit angewandt wurde. Den Leuten, die das einnahmen, wurde übel, sobald sie Alkohol tranken.

Solche Tabletten hatte Helen doch sicher nicht genommen und dann Wein getrunken? Das Medikament verhinderte, wie das allwissende Internet verriet, schließlich den Abbau des Alkohols und führte zu unangenehmen Unverträglichkeitsreaktionen, von denen Übelkeit noch die harmloseste war. Im Zweifelsfall konnten sogar ein Kreislauf-Schock oder ein Herzinfarkt die Folge sein. Nein, das Zeug musste ihr jemand verabreicht haben. Jemand, der von ihrem Sonntagswein wusste.

Niemand schien sie am Sonntag besucht zu haben. Aber das war wahrscheinlich auch nicht nötig gewesen, ein kleines Weinpräsent und ein wenig Abwarten hätten ausgereicht.

Hatte jemand die Tabletten aufgelöst und durch den Korken in den Wein gespritzt? Dr. Somplatzky musste sich mit Medikamenten auskennen. Hatte er Helen die Flasche geschenkt?

Oder Lindsey? Sie war auch nicht gut auf Helen zu sprechen gewesen, und ihre Vergiftungsfantasien hatten Finola doch beeindruckt. Im Prinzip konnte es aber jeder und jede andere aus ihrem Bekanntenkreis gewesen sein.

Andererseits – MacFarlane hatte gesagt, dass der Wein unschuldig gewesen war. Wenn man also Disulfiram bei der Obduktion gefunden hatte, wovon Finola jetzt ausging, musste Helen das anderswie zu sich genommen haben. Nur – wie? Hatte ihr jemand angebliche Schmerztabletten gegeben, die in Wirklichkeit etwas ganz anderes waren? Jemand aus der Praxis, einer ihrer Zahnarztkollegen? Und sie hatte die dann am Sonntag genommen? Vielleicht weil sie wieder Rückenschmerzen hatte?

War ihr Tod also am Ende doch eine Art Unfall gewesen? Oder so etwas wie ein Vabanquespiel?

Nein, warum sollte ihr jemand ein solches Medikament auf gut Glück geben und dann warten, ob etwas passierte? Dann war es doch wahrscheinlicher, dass es mit etwas verabreicht worden war, von dem keine Reste übriggeblieben waren, die die Polizei untersuchen konnte. So etwas wie Pralinen? Aber hätte sie das Zeug nicht schmecken müssen, oder war es geschmacklos?

Nun, all das herauszufinden war Aufgabe der Polizei und nicht ihre. *Laurie's Café* schien die Krise schließlich überwunden zu haben. Finola konnte also zu ihrem eigentlichen Fall zurückkehren.

Sie warf einen Blick auf Tícias Stundenplan. Wenn sie den nächsten Bus nahm, konnte sie rechtzeitig an der

Uni sein, um Antônio abzulösen und zu sehen, ob Tícia heute dort aufgetaucht war.

Das Café im Erdgeschoss der Business School der University of Edinburgh war hell, freundlich und nicht besonders voll. Etwa die Hälfte der runden Tische war frei, an anderen unterhielten sich junge Leute bei einem Imbiss oder Getränk, an einem kauerte ein Student mit verzweifeltem Blick vor seinem Laptop. Und neben einer der weißen Säulen saß Antônio.

Er war nicht allein. Bei ihm am Tisch saß ein Mädchen mit einem bunten Tuch, das es zu einer Art Turban gewickelt hatte. Ein Zufall? Wohl eher nicht, denn die beiden schienen miteinander zu sprechen.

Finola runzelte die Stirn. Es war okay, wenn er, während Tícia in ihrer Vorlesung war, einen Kaffee trinken ging. Aber musste er den unbedingt in Gesellschaft trinken? Was, wenn er plötzlich Tícia folgen musste?

Nein, eifersüchtig war sie nicht, stellte sie fest, als sie in sich hineinspürte, aber Antônios mangelnde Professionalität ging ihr auf die Nerven, auch wenn sie wusste, dass das ungerecht war. Schließlich war er ja nur hier, um ihr zu helfen.

Energisch durchquerte sie das Café und postierte sich neben seinen Tisch.

Antônio sah auf und zuckte zusammen. »Finola!«

»Genau die. Und wer …«

Nein, das konnte nicht wahr sein. Das Mädchen mit dem bunten Tuch war – Tícia!

»Äh, das ist Tícia. Möchtest du dich nicht zu uns setzen?«, fragte Antônio.

Dankbar ließ sich Finola auf den Stuhl fallen, den er ihr hinschob. Ihr Herz klopfte zu schnell, und ihr war ein wenig schwindelig. Was war hier schiefgelaufen?

»Du darfst das nicht falsch verstehen«, erklärte Tícia mit erschrockenem Blick. »Es ist alles ganz harmlos. Ich habe nichts mit deinem Freund.«

Sie hatte also auch Finola von der Begegnung vor dem Club wiedererkannt. Na, toll.

»Ich hol dir einen Kaffee.« Antônio stand auf, bevor Finola ablehnen konnte.

Gut. Dann blieb ihr jetzt nichts anderes übrig, als das Beste aus dieser Situation zu machen.

»Wie geht es dir?«, fragte sie Tícia.

»Gut. Das verdanke ich Antônio. Wir haben gestern ganz lange miteinander geredet. Weil Tyler … also mein Freund … also eher mein Ex-Freund … oder vielleicht muss ich sagen Fast-ex-Freund …«

Obwohl ihr Englisch bisher recht gut gewesen war, schienen ihr nun die passenden Worte zu fehlen. Sie schaute hilfesuchend zu Antônio, der gerade Finolas Kaffee bezahlte.

Als er Finola den Becher in die Hand drückte und sich wieder setzte, sagte Tícia einige Sätze auf Portugiesisch zu ihm und lehnte sich dann zurück.

Antônio räusperte sich. »Tícia hat mich gebeten, dir zu erklären … Also. Tícia und ich haben uns ja gestern zufällig beim Einkaufen getroffen, und sie wusste noch, dass du und ich ihr im Club helfen wollten, als es ihr nicht gut ging. Deshalb hat sie mich zu einem Kaffee eingeladen. Wir kamen dann ins Reden …«

»Es ist so viel einfacher auf Portugiesisch«, warf Tícia ein.

Finola nickte automatisch und signalisierte Antônio fortzufahren. Immerhin hatte er, wie es aussah, ihre Tarnung nicht auffliegen lassen.

»Ich habe Tícia gesagt, dass dieser Tyler sie scheiße

behandelt und dass sie sich das nicht gefallen lassen soll.«

Tícia nickte. Tränen standen ihr in den Augen. Sie schluckte. Dann murmelte sie »Bin gleich wieder da« und verschwand in Richtung Toiletten.

Antônio beugte sich näher zu Finola. »Jetzt mal ehrlich, solange sie weg ist. Der ist 'ne ganz üble Nummer, dieser Tyler. Der nutzt Tícia nur aus, menschlich wie finanziell. Sie kommt ja aus einer sehr reichen Familie. Und was bietet er ihr? Partys, Alkohol, Drogen statt Studium. Und sie zahlt. Er hat sie seit Tagen von ihrer Familie und ihren Freundinnen ferngehalten, und zu allem anderen ist er inzwischen auch noch gewalttätig, wenn sie sich nicht so verhält, wie er sich das vorstellt.«

»Das hat sie dir einfach so bei einem Kaffee erzählt?«

Antônio schüttelte den Kopf. »Nein, natürlich nicht. Das hat sie mir gestern Abend erzählt, nachdem er sie geschlagen hatte und sie nicht wusste, wohin.«

»Gestern Abend? Aber gestern Abend war ich doch mit dir zusammen …«

Antônio nickte. »Das war danach, kurz nachdem du gegangen warst. Da hat sie angerufen. Völlig aufgelöst. Sie war aus seiner Wohnung abgehauen und hatte jetzt Angst, dass er sie finden könnte. In ihre Wohnung traute sie sich nicht, weil Tyler die kennt. Und zur Polizei wollte sie auch nicht.«

»Verstehe, Ritter Antônio. Du hast die Jungfrau in Nöten gerettet. War sie also heute Nacht bei dir?«

»Da ist nichts gelaufen zwischen uns. Es war nur eine Hilfe unter Landsleuten! Glaub mir, bitte.«

Finola legte ihre Hand auf seine. »Ich glaube dir. Ich bin nicht eifersüchtig, falls du das denkst. So was Ernstes ist das mit uns ohnehin nicht, oder?«

Antônio zuckte mit den Achseln.

»Ich bin nur ein bisschen sauer, dass du mich nicht gleich informiert hast«, erklärte Finola. »Wie hast du dir das vorgestellt? Wann hattest du vor, mir von eurer neuen Freundschaft zu berichten?«

»Nachher, ich wollte sie heute zur Uni begleiten, falls Tyler hier rumlungert.«

»Aber dann müsste sie jetzt in der Vorlesung sitzen.«

»Sie will aber nicht weiterstudieren. Also nicht hier. Sie will zurück nach Brasilien.«

»Das ist ja mal eine Neuigkeit!« Finola lehnte sich auf ihrem Stuhl zurück. »Wann hat sie das denn beschlossen?«

»Vor etwa einer halben Stunde. Oh, da kommt sie.«

Tícia sah gefasst aus, als sie sich wieder setzte. Sie warf Antônio einen dankbaren Blick zu. Dankbar? Oder lag darin nicht noch etwas, was eher nach Heldenverehrung aussah? Verständlich, denn wenn der Ritter in silberner Rüstung aus demselben Land stammte und dieselbe Sprache sprach, machte das alles so viel einfacher.

Schön. Dann war dieser Fall wohl auch gelöst, und sie konnte Senhor Machado von der baldigen Heimkehr seiner verlorenen Tochter berichten. Hoffentlich würde er nicht das Honorar reduzieren wollen, weil Finola nicht bis zum Ende der Woche observiert hatte.

Aber eigentlich konnte er sich glücklich darüber schätzen, wie alles ausgegangen war.

Und sie auch.

Sie nickte Antônio dankend zu.

Kapitel 37

Ende gut, alles gut. Anne hatte den nun absehbaren Abschluss des Machado-Falls sehr erfreut aufgenommen. Finola hatte allerdings nicht gebeichtet, dass Antônio zeitweilig ihre Observierung übernommen hatte. Anne hatte daher ebenso wie Tícia an den Zufall der Begegnung von Antônio und Tícia beim Einkaufen geglaubt.

Endgültig abgeschlossen war die Sache allerdings erst, wenn Tícia im Flieger nach São Paulo saß. Egal. Antônio hatte sich bereit erklärt, Tícia weiter zu helfen und sich um sie und ihren Flug zu kümmern, das würde also auch ohne Finolas Einsatz klargehen.

Leider war Tícia nicht bereit, Tyler anzuzeigen, nicht einmal wegen seiner Dealerei. Schade. Die Polizei hätte sich sicher gefreut, ihn in Gewahrsam zu nehmen. Aber vielleicht konnte man das ja auch mit einem anonymen Hinweis hinkriegen?

Entspannt ließ sich Finola auf ihr Bett fallen. Bis *Laurie's Café* schloss und sie ihre Freundin zur Feier des Tages in den Pub einladen würde, hatte sie noch schön viel Zeit zum Entspannen. Doch zuerst würde sie Granny anrufen.

Die meldete sich gleich nach dem ersten Klingeln.

»Fi, *mo chridhe*, geht es dir gut?«

»Ja, natürlich, *Seanmhair*, mir geht es sogar sehr gut.«

»Das muss es wohl, wenn du anfängst, gälisch zu sprechen!«

Finola lachte.

»Ich dachte nur … Ich habe so ein komisches Gefühl heute«, fuhr Granny fort. »Aber ich bin eine alte Frau, da hat man das eben manchmal.«

»Alte Frau? Du bist einundsiebzig!«

»Eben. Und seit gestern habe ich Rückenschmerzen.«

»Nimm deine Tropfen Nummer neun!«

Granny lachte. »Ich sehe, du kennst dich aus! Ja, vielleicht sollte ich das tun, bevor ich nachher zu Mairi gehe.«

»Siehst du, Mairi, die ist alt.«

Granny lachte. »Ach, die hieß schon *Auld Mairi*, als sie kaum fünfzig war! Aber jetzt erzähl. Was gibt es Neues? Was macht dieser Antônio?«

»Der spielt den Ritter und hilft einer brasilianischen Studentin, ihr Leben wieder in den Griff zu kriegen.«

»Aha.«

»Granny?«

»Nichts weiter. Und sonst? Was machen deine Fälle?«

»Einer ist gerade gelöst, die verschwundene Person wiedergefunden. Und den Mordfall überlasse ich der Polizei, nachdem Laurie nicht mehr im Entferntesten unter Verdacht steht.«

»Sehr gut. Aber du klingst nicht ganz zufrieden.«

»Stimmt.« Finola konnte ihrer Großmutter noch nie etwas vormachen. »Ich muss trotz allem immer an diesen Mordfall denken. Jemand hat eine Zahnärztin vergiftet.«

Leises Lachen klang durch die Leitung. »Das hatte ich auch schon mal vor!«, gestand Granny. »Nach der Wurzelbehandlung. Und wie wurde sie vergiftet?«

»Genau das weiß noch niemand. Sie hatte Wein getrunken, und anscheinend hat man ein Medikament in ihrem Körper entdeckt, das den Alkoholabbau verhindert und zum Tod führen kann. Das könnte also die Ursache gewesen sein. Ich kenne einige Verdächtige, aber irgendwie passt da nichts. Na ja, *DI* MacFarlane wird das schon herausfinden. Sie scheint mir sehr kompetent.«

»Gut. Das beruhigt mich. Ist es bei euch auch so stürmisch?«

Ein Weilchen sprach Finola mit ihrer Großmutter noch über das Wetter, dann beendete sie das Gespräch und legte das Handy zur Seite, um ein kleines Nickerchen zu machen.

Kapitel 38

»Bin gleich fertig«, verkündete Laurie und packte die letzten sechs unverkauften Cupcakes in eine Schachtel zum Mitnehmen. Sie war zufrieden – der Nachmittag war recht gut gelaufen, ein wenig so, als ob der eine oder die andere den Weg zu ihr fand, um sich für das Misstrauen durch den Kauf eines süßen Küchleins zu entschuldigen.

Finola wartete bereits an der Tür auf sie. Sie würden sich einen gemütlichen Abend im Pub machen, vielleicht im *Bennets of Morningside?* Die hatten eine anständige Bierauswahl, und auf Scampi mit Pommes hatte sie durchaus Appetit. Allzu spät würde sie es allerdings nicht werden lassen, schließlich musste sie morgen früh wieder neue Cupcakes backen. Laurie lächelte.

Auf einmal kamen ein Mann und eine junge Frau angerannt und drückten gegen die bereits abgeschlossene Tür.

»Last-Minute-Kunden!«, stellte Finola fest.

»Lass sie rein, vielleicht kaufen sie noch meine Reste!«

Finola gehorchte.

»Haben Sie schon geschlossen?« Die Stimme der jungen Frau klang panisch. »Ich wollte doch … Oh, Sie haben ja gar nichts mehr!«

In ihr Gesicht war die Enttäuschung geschrieben, ja fast schien sie den Tränen nahe.

Laurie hielt ihr die Schachtel mit den letzten sechs Cupcakes hin. »Dies ist der Rest.«

»Oh, lass uns die nehmen, Daddy!«

»Ja, natürlich. Wenn du möchtest.« Der Mann zog ein Portemonnaie aus seiner Jackeninnentasche und gab es seiner Tochter.

»Ich liebe diese Cupcakes! Bei meinem letzten Geburtstag hatten wir ganz viele davon«, verkündete die junge Frau. »Und alle mit kleinen Löwen drauf, weil ich doch Löwe bin!«

Laurie erinnerte sich, ein solcher Auftrag kam schließlich nicht allzu oft vor, und es war nicht einfach gewesen, die kleinen Zuckerlöwen zu besorgen.

»Dann bist du Tessa Burke?«

Die junge Frau nickte.

»Es tut mir so leid mit deiner Mutter. Sie war oft hier.«

Tessa nickte wieder. »Ich weiß. Sie hat immer gesagt: ›In *Laurie's Café* kann ich so richtig gut abschalten.‹« Ihre Augen schimmerten feucht.

Laurie schloss den Deckel. »Nimm. Und lass das Geld stecken.« Sie reichte Tessa die verpackten Cupcakes.

Tessa gab ihrem Vater das Portemonnaie zurück und griff nach der Schachtel.

»Danke. Und auch danke, dass du noch mal aufgemacht hast. Ich …«

Ein Handy begann zu klingeln, Finolas, denn die zog ihres aus der Tasche und signalisierte Laurie, dass sie rausgehen würde.

»Du kannst auch schon vorgehen ins *Bennets*, wenn

du willst. Ich komm gleich«, rief Laurie ihr nach. Dann wandte sie sich wieder an Tessa.

»Ich wünsche dir und deinem Vater viel Kraft in den nächsten Tagen.«

Tessa biss sich auf die Unterlippe und nickte. »Danke.« Dann sah sie ihren Vater an. »Lass uns nach Hause fahren, ja?«

Cameron Burke hielt ihr die Tür auf. Er blieb noch ein wenig stehen, als sie schon hindurchgetreten war, so als wollte er sich umdrehen und noch etwas sagen. Dann aber trat er doch hinaus auf die Straße, und die Tür fiel hinter ihm ins Schloss.

Finola nahm ihren Anruf an und sah dabei durch die Glasscheibe hinein ins Café. Laurie sprach mit Tessa. Cameron Burke stand etwas abseits und schien seinen eigenen Gedanken nachzuhängen. Es waren wohl trübe Gedanken, denn seine Stirn war gerunzelt.

»Hi, Granny.«

»Sorry, Finola, wenn ich dich vielleicht störe …«

»Du störst nicht. Ich warte auf Laurie, die bedient ihre letzten Kunden.«

»Es ist nur … also, ich war ja heute bei *Auld Mairi*. Und wir kamen auf dieses Medikament, durch das der Alkohol nicht abgebaut wird und das daher tödlich sein kann.«

Nun gingen die Burkes zur Tür. Gleich würde Laurie endlich Feierabend haben. Sie brauchte also nicht in den Pub vorauszugehen.

»Ja? Und?«, fragte Finola.

»*Auld Mairi* erwähnte, dass es da auch einen Pilz gibt, der so wirkt. Also, wenn man den isst, darf man keinen Alkohol trinken.«

Tessa trat mit der Schachtel heraus auf die Straße, während ihr Vater ihr die Tür aufhielt.

»Einen Pilz?«, fragte Finola.

»Der heißt Faltentintling – ich hab es mir hier aufgeschrieben. Und er hat einen Stoff in sich, der heißt Coprin.«

»Falten…tintling?«

Finola trat einen Schritt zur Seite, um Tessa und ihren Vater leichter passieren zu lassen.

»Ja, wie Falten und wie Tinte, der ist, wenn er jung ist, eigentlich essbar, aber wenn in den folgenden zwei, drei Tagen Alkohol dazukommt … bumm!«

»Interessant. Danke, Granny«, sagte Finola. Es war immer wieder erstaunlich, was Granny über Pflanzen und Pilze wusste. Und was sie nicht selbst wusste, erfuhr sie mit Sicherheit von *Auld Mairi.*

Endlich trat Laurie aus dem Laden und schloss ab.

»Ich muss los, Laurie ist fertig. Bye, Granny!«

»Habt Spaß! Bye!«

Finola steckte ihr Handy ein. »Dann mal los!«

Kapitel 39

Laurie hatte gut gewählt. Der Pub war altmodisch gemütlich mit einer Menge Holz, Messing, alten Schildern und alten Glasfenstern. Es gab keine exklusive Speisekarte, sondern richtigen Pubfood, der hervorragend schmeckte.

Finola hätte nichts dagegen gehabt, noch länger zu bleiben, aber gegen neun fing Laurie an zu gähnen.

»Sorry, ich muss ins Bett. Mein Tag beginnt beim ersten Hahnenschrei.«

»Den du hier in der Stadt eher nicht hören dürftest.«

»Ist doch egal, ob der Hahn schreit oder der Wecker«, erklärte Laurie, stand auf und griff nach ihrer Jacke. »Ich geh jetzt auf jeden Fall heim. Und du solltest dir echt überlegen, ob wir uns nicht mal mit Evan und Scott treffen sollten. Scott hat nach dir gefragt.«

»Ich dachte, Daniel mit dem Akkordeon wäre eher dein Fall?«

»Ich würde mich opfern für dich.«

»Dich opfern oder ihn opfern?«

»Lass uns das morgen besprechen. Das letzte Pint hat mich nicht unbedingt munterer gemacht.«

Finola lachte und zog sich ebenfalls an. »Gut, ich komm morgen bei dir vorbei, falls Anne nicht gerade einen neuen Fall hat, den ich auf der Stelle lösen muss.«

Draußen vor dem Pub verabschiedete sich Finola von Laurie, dann schlenderte sie die Morningside Road entlang nach Hause. Nach einer Weile blieb sie jedoch stehen und sah sich um. Es war niemand zu sehen, nur auf der gegenüberliegenden Seite ging ein Mann, der telefonierte. Er beachtete sie nicht.

Seltsam, es hatte sich so angefühlt, als ob ihr jemand folgte. Sie schüttelte den Kopf, um ihr leicht benebeltes Denken zu klären, und ging weiter.

Unwillkürlich dachte sie an Craig Erskine. Hatte er damals tatsächlich gespürt, dass sie ihn observiert hatte? Ach, egal. Sie hatte mit dem Mann ja nichts zu tun. Vielleicht würde er in Zukunft auch nicht mehr zum Scottish Country Dancing gehen, wenn sie …

Plötzlich packte jemand sie von hinten fest an den Armen und schob sie vorwärts in die Nische vor der Tür der geschlossenen Bücherei.

»Kein Wort«, zischte er und drückte sie gegen die Holztür.

Finola fühlte einen spitzen Gegenstand durch ihre Kleidung dringen und die Haut ihres Rückens erreichen.

Messer, schoss es ihr durch den Kopf. Ihr Herz setzte einen Schlag aus und begann dann zu rasen.

Sie nickte stumm.

»Mit wem hast du telefoniert?«, fragte der Angreifer leise. Eine Männerstimme.

Finola schwieg.

»Sag schon!«

»Ich soll doch nicht sprechen«, flüsterte Finola.

»Antworte! Leise!«

»Ich hab mit vielen telefoniert.«

»Vorhin, vor dem Café.«

In ihrem Hirn klickte es. Cameron Burke. Er musste

es sein. Er war der Einzige, der bei ihrem Gespräch in der Nähe gewesen war.

»Mit meiner Granny.«

»Und warum hast du vom Faltentintling gesprochen?«

Finola zögerte.

»Los, sprich!«

»Meine Granny hat mir von einer Freundin erzählt, die sich sehr gut mit Pilzen auskennt und ... Also, sie fand es so interessant, dass man früher da Tinte draus gemacht hat«, fantasierte Finola und versuchte, ihrer Stimme einen dümmlich-harmlosen Klang zu geben.

Doch ihr Gehirn arbeitete nun wie im Zeitraffer. Die Puzzleteile ordneten sich in Windeseile zu einem Bild. Warum nur war sie vorhin so abgelenkt gewesen, dass sie bei Grannys Worten nicht sofort geschaltet hatte?

Cameron Burke.

Pilze.

Gladys hatte erzählt, dass er am Freitag wahrscheinlich Pilzrisotto für Helen gekocht hatte. Was, wenn er Faltentintlinge zubereitet hatte? Harmlos zur Zeit der Mahlzeit. Harmlos weiterhin für ihn. Aber – Granny hatte gesagt: »Wenn in den folgenden zwei, drei Tagen Alkohol dazukommt ... bumm!« Und Cameron Burke wusste garantiert vom Sonntagswein seiner Ex-Frau.

»Was wollen Sie?«, jammerte Finola. »Geld? Ich hab nicht viel, aber nehmen Sie das. Ist in meiner Tasche.«

Der Druck des Messers schien schwächer zu werden. Noch wusste Cameron Burke nicht, dass sie ihn erkannt hatte. Vielleicht würde er die Gelegenheit wahrnehmen, für einen Straßenräuber gehalten zu werden, und abhauen.

Er hielt sie mit einem Arm immer noch fest an die Holztür gedrückt, aber das Messer spürte sie jetzt plötzlich nicht mehr. Würde er tatsächlich fliehen und sie loslassen – oder holte er nur aus, um zuzustechen? Konnte sie sich so weit unter seinem Arm lösen, dass sie sich zu Boden fallen lassen konnte?

»Cameron Burke! Lassen Sie sofort Ms MacTavish los! Ich verhafte Sie wegen des Verdachts des Mordes an Dr. Helen Burke!«, sagte eine weibliche Stimme mit Nachdruck, und Finola war auf einmal frei.

Sie drehte sich um.

DI MacFarlane legte Cameron Burke Handschellen an und spulte die übliche Belehrung herunter. Neben ihr steckte *DS* Croft seine Waffe ein. Zwei weitere Männer in Zivil standen hinter ihm, und jetzt hielt auch noch ein Polizeiwagen am Straßenrand.

Finola lehnte sich an die massive Holztür.

»Geht es?«, fragte MacFarlane.

Finola nickte. »Aber wieso …«

»Wir haben Mr Burke seit heute Mittag observiert. Kommen Sie, ich fahre Sie nach Hause. Ihre Aussage nehme ich morgen auf, wenn Sie sich wieder gefangen haben. Mein Wagen steht drüben bei *Waitrose*.«

»Das ist nicht nötig. Ich kann alleine …«

»Nein, Ms MacTavish, das können Sie nicht. Sie sind ganz blass und – ach, kommen Sie einfach!«

Kaum war Finola in MacFarlanes Auto gestiegen, fing sie an zu zittern.

»Sehen Sie«, die Polizistin nickte. »Der Schock.«

»Er hat sie mit den Pilzen umgebracht«, flüsterte Finola. »Mit Faltentintlingen. Am Freitag schon. Er wusste von ihrem Sonntagswein. Und die Pilze sind zwar essbar …«

»… aber enthalten Coprin. Ich weiß. Das Zeug wirkt wie Disulfiram. Das ist ein Medikament, das …«

»Ich weiß.«

MacFarlane sah sie abschätzend an. »Sie wissen ein wenig zu viel für meinen Geschmack. Aber ich werde dem jetzt nicht nachgehen. Nur so weit – haben Sie eine Idee, warum Mr Burke Sie angegriffen hat?«

Finola nickte. »Er hat wohl ein Telefonat von mir mit meiner Granny mitgehört. Da fiel das Wort Faltentintling. Und er dachte dann, ich wüsste, dass er die Dinger für Helen gekocht hatte oder gebraten oder was man so mit denen macht.«

»Helen? Sie meinen Helen Burke?«

»Wir saßen mal bei Laurie am selben Tisch.«

Verflixt, sie musste jetzt höllisch aufpassen, was sie sagte. Diese so harmlos und nett wirkende *DI* war ziemlich clever.

Finola stellte daher eine Gegenfrage: »Aber wie sind Sie auf ihn gekommen?«

»Eigentlich darf ich … Ach was. Ich fand es von Anfang an seltsam, dass er sich gestern so überaus trauernd zeigte. Zeugen hatten das Verhältnis zu seiner Ex-Frau eher anders beschrieben. Und dann war da noch eine etwas undurchsichtige Sache mit Helen Burkes Testament und ihrem doch nicht ganz kleinen Erbe, aber darüber kann ich nun wirklich nicht sprechen.«

Finola nickte.

MacFarlane fuhr fort: »Zuerst hat uns die Sache vom Donnerstag natürlich irritiert, aber das war tatsächlich eine im Grunde harmlose Lebensmittelvergiftung von Muscheln, die zu lange im Warmen gestanden hatten. Genau, wie Helen Burke selbst vermutet hatte.«

Ihre Überraschung brauchte Finola nicht zu spielen. »Die beiden Vergiftungen hatten also gar nichts miteinander zu tun?«

»Nein. Außer dass diese erste Vergiftung ihrem Ex als Inspiration gedient haben mag. Und da er am Donnerstag gar nicht in Edinburgh war, dachte er wohl, er hätte dafür schon mal ein Alibi.«

»Und wenn er am Freitag dasselbe aß wie Helen, aber gesund blieb ... Er muss sich sehr sicher gefühlt haben.«

»So sehe ich das auch. Aber dann gab es heute Mittag diesen ersten seltsamen Befund des Gerichtsmediziners. Bis das Ergebnis klar feststand, konnten wir allerdings nichts unternehmen, außer Burke zu beobachten. Und da war es schon auffallend, dass er heute Abend vor einem Pub in Morningside herumlungerte, statt bei seiner trauernden Tochter zu bleiben. Croft und ich wollten gerade die Kollegen ablösen, als Sie mit Ihrer Freundin aus dem Pub kamen und Burke Ihnen folgte. Et voilà! Und nun fahre ich Sie nach Hause. Schnallen Sie sich an!«

Kapitel 40

Als Finola das Haus betrat, war alles dunkel, nur zwei Paar Katzenaugen leuchteten ihr von der Treppe her entgegen.

»Vorsicht, es wird hell«, sagte sie leise und knipste das Licht an. Olga und Freddie kniffen die Augen kurz zu, dann starrten sie sie weiter an. Wie ungewöhnlich, dass Freddie hier saß, statt wie sonst draußen herumzustreunen. Es war selten, dass man ihn im Haus antraf.

Finolas Beine fühlten sich irgendwie weich an, und sie war nicht imstande, die Treppe zu bewältigen. Also setzte sie sich kurzerhand auf die Stufe unterhalb der Katzen, die sofort Streicheleinheiten forderten.

So fand Anne sie ein paar Minuten später.

»Was ist denn das hier? Schmuseparty?«

Finola nickte nur.

»Was ist los?«, fragte Anne. »Du siehst nicht gut aus. Liebeskummer?«

Finola schüttelte den Kopf. Wenn sie jetzt sprach, würde sie in Tränen ausbrechen.

Anne drehte sich um und ging hinauf in ihr Atelier. Einen Moment später kam sie zurück mit einer angebrochenen Flasche Laphroaig und zwei Gläsern in der Hand. Sie setzte sich ein Stück weiter oben ebenfalls auf eine Stufe, goss ein und reichte eines der Gläser Finola.

»Egal, was es ist. Es wird alles gut. Du bist nicht allein.«

Finola nickte und nahm einen Schluck. Sonst war ihr das rauchig-torfige Aroma dieses Single Malts meist zu heftig, aber jetzt spülte er den Geschmack der Angst weg und schenkte ihr angenehme Wärme.

»Danke, Anne. Und ich glaube, ich muss dir noch was gestehen ...«

Sie saßen lange auf der Treppe, die Rücken an die Wand gelehnt und jede mit einer Katze auf den ausgestreckten Beinen. Auch nachdem Finola ihren Bericht beendet und Anne nach anfänglichem Stirnrunzeln erklärt hatte, dass es ihr völlig egal sei, was Finola tue, wenn sie nur heil und gesund bleibe.

Olga und Freddie schienen das genauso zu sehen.

Kapitel 41

»Hab ich's nicht gesagt? Die meisten Frauen werden von ihren Partnern oder Ex-Partnern umgebracht.«

»Hast du, Lachie«, bestätigte Anne und goss ihm Tee ein.

Sie hatte heute die große rote Kanne mit den weißen Tupfen vollgefüllt – sie war wohl der Meinung, sie würden zur Nervenberuhigung eine ganze Menge des heißen Getränks brauchen.

»Darauf ist aber zunächst niemand gekommen, weil Cameron Burke schon seit Freitagabend, also zwei Tage vor ihrem Tod, keinen Kontakt mehr zu Helen hatte. Und die Pilze hatte er selbst ja auch schadlos gegessen«, erklärte Finola. »Wenn *DI* MacFarlane nicht so misstrauisch gewesen wäre und vermutet hätte, dass er sie angelogen hatte, und die Leute in der Gerichtsmedizin nicht …«

»Wenn, wenn. Lass es gut sein, Lassie, dir ist nichts geschehen.« Lachie stand auf und holte sich das Zuckertöpfchen. Dann ließ er zwei Stücke Würfelzucker in seinen Tee gleiten und rührte kräftig um.

Zucker? Lachie? Er musste die Sache schwerer nehmen, als er zugab.

Finola lächelte unwillkürlich. Es war wunderbar, mit Anne und Lachie so in der warmen Küche zu sitzen und die Vertrautheit zu spüren, die sie drei inzwischen verband. Sie warf einen Blick hinaus in den Garten, in dem der Wind mit abgefallenen Blättern spielte.

Anne brachte das Thema wieder auf die professionelle Ebene: »Was macht deine Überprüfung dieses Angestellten, Lachie?«,

»Fast abgeschlossen. Kriegst heute Nachmittag den Bericht«, antwortete Lachie. Er trank einen Schluck Tee und verzog den Mund, als handle es sich um bittere Medizin.

»Und die Machado-Tochter? Kannst du da mal nachhören, was mit dem Flug ist?«, fragte Anne.

Finola nickte. »Mach ich gleich.«

»Trink erst mal in Ruhe deinen Tee. Wenn die Kanne leer ist, koche ich neuen!«

Finola grinste.

Sie erreichte Antônio beim ersten Versuch, doch er wollte nicht am Telefon mit ihr sprechen, sondern sie lieber persönlich treffen.

Um ihn vor Annes exzessivem Teekochen, aber auch vor dem Herbststurm draußen zu schützen, schlug Finola *Laurie's Café* vor. Sicher ergab sich nach ihrem Gespräch mit Antônio die Möglichkeit, Laurie über die Ereignisse gestern Abend auf den neuesten Stand zu bringen. Noch schwebte ihre Freundin in seligem Unwissen.

Zwei der drei Tische im Café waren besetzt, der hinterste, Finolas Lieblingstisch, war frei. Laurie nickte ihr nur kurz zu, denn sie war gerade dabei, Cupcakes zum Mitnehmen zu verpacken. Schön, dass es für sie wieder aufwärtsging.

Kaum hatte sich Finola gesetzt, betrat auch Antônio das Café. Sie winkte ihm zu, und er setzte sich zu ihr.

»*Tudo bem?*«, fragte sie.

»*Tudo bem*«, antwortete er.

»Du siehst aber irgendwie nicht ganz glücklich aus. Klappt was mit Tícias Flug nicht?«

Antônio räusperte sich. »Der Flug geht morgen nach London, von da aus gab es für übermorgen nämlich noch Plätze nach Rio. Und ich denke, es ist wichtig, dass sie schnell hier aus Edinburgh verschwindet.«

»Wunderbar. Da werden sich Tícias Eltern sicher freuen.«

Er nickte. »Ich fürchte nur, du wirst dich nicht so freuen … also …«

Finolas Herz begann, schneller zu klopfen. Was war nicht in Ordnung? Sie sah ihn auffordernd an.

»Ich habe mich entschlossen, mit ihr zu fliegen.«

»Ich denke nicht, dass das nötig ist. Wenn sie erst mal im Flieger sitzt …«

»Ich weiß. Aber ich will. Ich glaube, meine Zeit hier in Schottland ist zu Ende. Kennst du das, dass man es einfach fühlt, wenn ein Lebensabschnitt zu Ende geht?«

Finola nickte. »Ja, das verstehe ich gut.«

»Es ist nicht nur wegen Tícia. Also, ich meine, das auch.«

»Du hast dich verliebt.« Finola lächelte unwillkürlich.

Es fiel ihr leicht, zu lächeln. Alles war gut. Sie spürte keine Verletzung, keine Eifersucht. Ja, sie hatte Antônio gern. Sehr gern. Doch er war nicht die große Liebe. Vielleicht nicht einmal eine kleine.

Antônio machte ein zerknirschtes Gesicht. »Ich weiß nicht, was es ist, aber ich möchte jetzt gerne bei ihr sein. Und ich wollte ja eigentlich ohnehin nicht für immer hierbleiben. Und gerade gab es eben diese günstige Flugmöglichkeit.«

Finola legte ihre Hand auf seine. »Ich verstehe.«

»Ich wollte dir …« Er zuckte mit den Achseln. Seine offensichtliche Zerrissenheit rührte sie.

»Ist okay. Es ist alles gut mit uns. Ich freue mich, wenn du dich dann mal aus Brasilien meldest.«

»Das werde ich. Bestimmt. Finola, du bist wirklich eine wunderbare Frau, und irgendwie liebe ich dich, aber …«

»Pst!« Finola legte ihren Finger auf seinen Mund. Dann erhob sie sich.

Antônio stand ebenfalls auf und nahm sie in den Arm.

»*Adeus, minha querida.* Ich schick dir 'ne Nachricht, wenn wir angekommen sind.«

Finola küsste ihn auf beide Wangen. »Geh jetzt«, flüsterte sie, »bevor ich doch noch heule.«

Sie sah ihm nicht nach, als er das Café verließ.

»Was war denn das?« Plötzlich stand Laurie neben ihr. »Ich wollte gerade fragen, was ihr trinken wollt. Das war doch dein Freund Antônio, oder?«

Finola nickte. »Das war er. Er geht zurück nach Brasilien. Und eigentlich möchte ich gar nichts trinken. Anne hat mich schon mit Tee abgefüllt.«

»Hm, mir scheint, du hast mir einiges zu erzählen. Müssen wir aber etwas verschieben – Kundschaft.«

Zwei ältere Damen hatten das Café betreten und betrachteten freudig die bunten Cupcakes, bevor sie sich suchend umsahen.

»Kein Problem – ich hab Zeit. Und ziemlich viel zu berichten. Ich komm einfach wieder, wenn du zumachst, und mach jetzt Platz für deine zahlende Kundschaft.«

»Fein, dann ruf ich heute Abend Evan und Scott an. Jetzt wo dein brasilianischer Freund weg ist, steht dir der Sinn ja vielleicht nach einem Schotten?«

Laurie legte den Kopf schief und grinste.

Finola lachte.

»Warum eigentlich nicht?«